# APOSTILLE AU CRÉPUSCULE

*Pour une psychanalyse non freudienne*

Né en 1959, Michel Onfray est docteur en philosophie. Après avoir enseigné vingt ans dans un lycée technique, il démissionne de l'Éducation nationale en 2002 pour créer l'université populaire de Caen. Auteur d'une cinquantaine d'ouvrages traduits dans une trentaine de pays, il a comme projet la formulation d'une théorie de l'hédonisme à la fois éthique, esthétique, politique, historiographique, bioéthique et épistémologique. Il se propose de réconcilier l'homme avec son corps, et envisage la philosophie non pas comme un discours technique mais comme un art de vivre permettant à l'homme de se débarrasser de ses illusions. Lecteur de Nietzsche, il souhaite une révolte contre le conformisme et le dogmatisme ; il affiche enfin un athéisme sans concession.

MICHEL ONFRAY

# *Apostille au Crépuscule*

## Pour une psychanalyse non freudienne

GRASSET

© Éditions Grasset & Fasquelle, 2010.
ISBN : 978-2-253-16204-9 – 1re publication LGF

*Pour Franz.*

« Le psychologue *nouveau*, tout en mettant fin à la supersti-tion qui a proliféré autour de la notion d'âme avec une luxuriance quasi tropicale, s'est en quelque sorte exilé dans un nouveau désert et dans une méfiance nouvelle. Il se peut que la tâche des psychologues anciens ait été plus aisée et plus gaie ; mais en fin de compte il se sent par là même condamné à *inventer*, lui aussi, et qui sait ? peut-être aussi à *découvrir*. »

NIETZSCHE, *Par-delà le bien et le mal*, 1$^{re}$ partie, §12.

Cette *Apostille au Crépuscule* propose une aurore…

Littré définit l'*apostille* comme une «annotation en marge ou au bas d'un écrit», le mot procède du bas-latin qui signifie «explication, note».

Le *crépuscule* nomme aussi bien la «lumière qui reste après le coucher du soleil» qu'un clin d'œil nietzschéen à mon *Crépuscule d'une idole*, sous-titré *L'affabulation freudienne*.

L'accueil médiatique de ce livre a montré dans sa splendeur le triomphe des passions tristes dans le petit monde journalistique. Dans un même temps, le public lui a offert un incroyable succès de librairie…

Je souhaite donc avec ce petit texte proposer une apostille, autrement dit des annotations en marge de mon ouvrage et de sa pitoyable réception.

Les chapitres impairs résument ce qu'il faut savoir de Freud pour envisager les enjeux des chapitres pairs qui proposent des *pistes* pour une psychanalyse non freudienne – et non une *théorie globale* impossible à conduire par un homme seul.

# SOMMAIRE

# Psychanalystes, encore un effort…

*Où l'on apprend qu'il y a une vie après Freud…*

> *« Les analystes n'ont pas complètement atteint,*
> *dans leur propre personnalité,*
> *le degré de normalité psychique*
> *auquel ils veulent faire accéder leurs patients. »*

FREUD, *L'Analyse avec fin et l'analyse sans fin.*

1

**Subir l'injustice ou la commettre ?** Socrate a raison, ô combien !, d'affirmer qu'il vaut mieux subir l'injustice que la commettre. Dans le flot de haine ayant accueilli *Le Crépuscule d'une idole*[1], un livre d'un

---

1. Deux exemples choisis : l'article du *Journal du Dimanche* du 16 mai 2010, élégamment titré « Merde à Onfray », et celui de *Politis*, jeudi 15 juillet 2010, « Onfray est mort », qui annonce dans le détail les conditions de *ma mort physique*, un texte qui a le mérite de dire tout haut ce que beaucoup souhaitent tout bas…

Pour d'autres symptômes, retenons, parmi tant d'autres vilenies, les interventions auprès du président de la Région Basse-Normandie afin d'obtenir la fin de la subvention accordée à l'Université populaire (*Libération* du mercredi 5 mai 2010, article signé « Onfray-Roudinesco : place au psychodrame » par Diane Furet) ou l'initiative d'une pétition pour, au nom du « pluralisme » (!), interdire la diffusion de mon cours sur France Culture

million de signes que beaucoup n'auront pas même eu le temps de lire pour le critiquer loyalement tant la haine s'est déversée en grande quantité avant la parution en librairie, j'aurai au moins eu la satisfaction d'opposer ma décence et ma retenue en ne tombant pas dans le caniveau où d'aucuns souhaitaient me conduire.

Pour ma part, en effet, je n'ai traité personne de nazi, de fasciste, de pétainiste, de vichyste, alors qu'il m'aurait été facile d'insister sur le paradoxe qu'il y avait à m'invectiver avec pareilles insultes pour sauver Freud qui, lui, a manifesté sa sympathie pour le fascisme autrichien et sa formule italienne, signé des analyses aux limites de la haine de soi juive, avant de travailler avec les envoyés de l'Institut Göring pour que la psychanalyse puisse perdurer dans un régime national-socialiste ; je n'ai pas eu non plus recours aux facilités d'une psychanalyse sauvage à l'endroit de tel ou tel de mes adversaires pour attaquer sa vie privée, salir son père ou sa mère, stigmatiser son enfance ou suspecter sa sexualité, comme il a été fait à mon endroit ; de même, je n'ai pas utilisé les nombreuses informations qui m'ont été données, *à la faveur de la parution de mon livre*, par d'anciens patients sur le comportement délinquant et délictuel de certains analystes très en vue à Paris, et très impliqués dans la polémique à mon égard, qui utilisent le divan d'une façon susceptible de les conduire en correctionnelle si les

---

comme il l'est chaque été depuis 2002 (*Le Point* du 5 août 2010, « Un maccarthysme anti-Onfray », par Julie Malaure).

victimes osaient parler ; enfin, je n'ai pas effectué d'attaques *ad hominem*, tout cela est vérifiable.


## 2

**De l'inexistence de la critique.** Le problème est moins cette réception pathologique de mon livre que l'incapacité de mes détracteurs d'apporter un seul argument valable contre mon travail car, dans le flot d'articles, de commentaires ou de sites surgis à cette occasion, et il y en eut pléthore, on chercherait en vain une invalidation de telle ou telle thèse de mon livre. Par exemple :

1. Freud menteur.
2. Freud affabulateur, inventeur de « mythes scientifiques » et de « roman historique ».
3. Freud destructeur des traces de ses forfaits.
4. Freud cocaïnomane dépressif, errant doctrinalement et cliniquement pendant plus d'une décennie.
5. Freud à l'origine de la mort de son ami Fleischl-Marxow à cause d'erreurs répétées de prescriptions médicales.
6. Freud destructeur du visage d'Emma Eckstein avec l'aide de son ami Fliess.
7. Freud obsédé par l'onanisme.
8. Freud obnubilé par l'accouplement avec sa mère.
9. Freud extrapolant sa pathologie œdipienne à la planète entière.

10. Freud perpétuellement travaillé par le tropisme incestueux.

11. Freud couchant avec sa belle-sœur après avoir fait un point de doctrine de son renoncement à toute sexualité sous prétexte d'une sublimation dans la création de la psychanalyse.

12. Freud sacrifiant à l'occultisme et au spiritisme.

13. Freud pratiquant des rites de conjuration contre le mauvais sort.

14. Freud croyant à la télépathie.

15. Freud féru de numérologie.

16. Freud inventant des cas n'ayant jamais existé.

17. Freud romançant certains cas pour en faire des histoires convaincantes.

18. Freud mentant sur sa clinique.

19. Freud affirmant avoir guéri des patients qui ne l'ont jamais été.

20. Freud prenant 415 euros 2010 pour une séance et prescrivant une rencontre par jour.

21. Freud amassant une fortune en liquide échappant au fisc.

22. Freud théorisant l'« attention flottante », justifiant ainsi que le psychanalyste puisse dormir pendant les séances sans que l'analyse s'en trouve pour autant troublée.

23. Freud dormant pendant des séances, notamment avec Helen Deutsch.

24. Freud confiant à Ferenczi : « les patients, c'est de la racaille ».

25. Freud écrivant que sa psychanalyse soigne tout, et prescrivant tout de même en 1910 (!) l'intromission

de sondes urétrales dans le pénis d'un homme afin de le guérir (!) de son goût pour la masturbation.

26. Freud écrivant à Binswanger que la psychanalyse est « un blanchiment de nègres », autrement dit, que son chamanisme ne fonctionne pas.

27. Freud ontologiquement homophobe.

28. Freud misogyne théorisant l'infériorité physiologique, donc ontologique, des femmes.

29. Freud très médiocre hypnotiseur.

30. Freud pratiquant la balnéothérapie ou l'électrothérapie.

31. Freud rédigeant une dédicace extrêmement élogieuse à Mussolini en 1933 en préface à *Pourquoi la guerre ?* (un livre qui développe des thèses en phase avec la doctrine du dictateur italien…).

32. Freud soutenant le régime austro-fasciste du chancelier Dollfuss en 1934.

33. Freud travaillant avec des émissaires de l'Institut Göring, dont Felix Boehm, pour assurer la pérennité de la psychanalyse dans le régime national-socialiste.

34. Freud manigançant l'exclusion du psychanalyste Wilhelm Reich, avec les mêmes émissaires de l'Institut Göring, pour cause de communisme.

35. Freud écrivant en pleine furie nazie que Moïse n'était pas juif et que les Juifs étaient des Égyptiens.

36. Freud avouant peu de temps avant la fin de sa vie qu'on « n'en finit jamais avec une revendication pulsionnelle », autrement dit : qu'on ne guérit jamais.

Ce Freud-là, donc, tous ceux qui m'ont traîné dans la boue en multipliant les attaques *ad hominem n'en disent rien*. Et pour cause, car le réquisitoire accablant brièvement résumé ci-dessus en trente-six thèses fait dans mon livre l'objet de longues argumentations étayées par des références et des citations dûment répertoriées.

La *haine* de mes contradicteurs dit assez combien j'ai mis dans le mille... Et, dans cette aventure, la plupart des analystes de Paris qui ont rempli les pages « opinions » des journaux (pendant qu'on refusait explicitement les articles positifs sur mon travail dans ces mêmes supports...) se sont fait un devoir de donner raison à Karl Kraus, l'auteur de cet aphorisme célèbre : « La psychanalyse est cette maladie dont elle prétend être le remède. » Combien, en effet, la haine de ceux-là prouve que la psychanalyse ne soigne pas les pathologies les plus lourdes ! Le petit gratin analytique parisien a prouvé de façon ridicule et pitoyable que Freud avait raison : la psychanalyse est bien *un blanchiment de nègres* – autrement dit une entreprise inefficace... Sinon : *pourquoi tant de haine ?*

## 3

**Le passe-partout freudien.** Récemment, à l'occasion de la publication de deux cahiers d'écolier sur lesquels Anna G. avait détaillé son passage sur le divan du docteur viennois, j'ai été stupéfait de découvrir ce que fut l'analyse de cette jeune femme dont le motif, *autrement dit la souffrance existentielle*, était l'incapacité de se décider à épouser son fiancé depuis sept ans… Grande souffrance, assurément ! Quatre-vingts séances plus tard, on découvre que, sans surprise : le père de la jeune fille a été son premier amant ; que rêver de « petits gâteaux », d'une blatte ou d'une crotte, c'est rêver d'enfants faits par sa mère, de l'Enfant Jésus reçu de Dieu (!), ou simplement d'un enfant ; que les menstruations sont associées à des fustigations ; qu'être battue par son père c'est être aimée sexuellement par lui ; qu'elle a voulu coucher avec son père et tuer sa mère ; qu'elle a désiré un pénis ; autrement dit *les habituels fantasmes de Freud*.

Ajoutons ceci afin de comprendre combien *coûte* ce genre de diagnostic très prévisible : le docteur viennois avoue avoir pris Anna G. en analyse parce que le franc suisse est une monnaie forte ! Si l'on multiplie le nombre de séances effectuées par la jeune fille (80) par le coût d'une heure d'analyse (40 francs suisses), on obtient la somme de 24 800 euros 2010 pour solde de tout compte freudien…

Informée par Freud de ses conclusions pourtant très attendues, la jeune fille décide de ne pas épouser son fiancé. Plus tard, elle se mariera avec un autre homme avec lequel elle aura des enfants, vieillira et mourra. Preuve, s'il faut en croire les dévots du freudisme, de l'efficacité de la psychanalyse ! La publication de ce manuscrit il y a peu en France sous le titre *Mon analyse avec le Professeur Freud* a été accueillie comme une preuve supplémentaire de l'immense et infaillible génie de Freud par l'ensemble de la presse française…

Voilà donc en pleine lumière ce qu'est la *psychanalyse freudienne* : une unique clé simpliste, sinon simplette, capable d'ouvrir toutes les serrures, quelle que soit leur complexité singulière. Le complexe d'Œdipe, la séduction du père, l'enfant battue, le désir de pénis, l'angoisse de castration, la pensée symbolique, le pansexualisme, tout ce fatras fictionnel freudien mobilisé pour en finir avec la valse-hésitation d'une jeune bourgeoise ne sachant si elle doit épouser son promis ! Précisons, pour rire un peu, que la demoiselle en question était… psychiatre.

## 4

**Le bric-à-brac des guérisseurs.** La psychanalyse freudienne a plus d'un siècle d'existence. La vulgate psychanalytique a contaminé l'homme de la rue, certes, mais également les *psychanalystes*, du moins certains professionnels ainsi nommés. Nombre d'entre eux naviguent en effet de manière éclectique entre un freudisme revendiqué pour les besoins de la cause (et le sérieux induit…) et diverses autres techniques de soin qui empruntent au grand bric-à-brac « psy » ou guérisseur.

Je suis par exemple extrêmement surpris que tel ou tel puisse se dire « psychiatre » *et* « psychanalyste », autrement dit prescrire des médicaments *et* récuser la pharmacopée ! Ici être médecin, là récuser le corps et construire à partir des fictions de l'immatériel freudien. Sous une casquette, rédiger une ordonnance pour délivrer chimie et pharmacie, sous une autre, revendiquer la thérapie strictement verbale du divan ! Il est vrai que Serguëi Pankejeff nous apprend, un demi-siècle après son analyse, que le fondateur de la psychanalyse prescrivait lui aussi des médicaments en même temps qu'il célébrait sur le papier son pouvoir guérisseur *par le seul divan…*

Tel se dit freudien mais travaille dans un dispensaire dans lequel certains malades ne paient pas, alors que Freud a théorisé la nécessité de payer le prix fort pour parvenir à la guérison. Le même Freud formule dans son corpus théorique l'inutilité de prendre sur son divan des patients pauvres, désargentés, des ouvriers chez qui le «bénéfice de la maladie» interdit toute guérison. Alors ? Freudiens et gratuits ? Ou bien gratuits, donc non freudiens ? Mais si l'on pratique ici le droit d'inventaire, pourquoi ne pas prendre là de libertés avec le reste de son enseignement ? Si le docteur viennois a tort sur ce sujet, pourquoi pas sur le reste ?

Un autre se dit aussi freudien mais fait du divan, également théorisé pour ses vertus thérapeutiques (l'état dans lequel il plonge est propédeutique à l'abréaction, du fait qu'il plonge dans l'état régressif infantile susceptible de faire surgir à nouveau le traumatisme subi dans l'enfance), un rituel facultatif (mais payant en liquide…) au choix du patient auquel il peut également proposer, au cours d'une première séance, une «guidance psychologique» remboursée par la Sécurité sociale…

Dans notre époque nihiliste sans discours éthique dominant et sans colonne vertébrale intellectuelle, le

« psy » incarne la panacée pour tous les malaises existentiels, du simple bobo de l'être à la grave pathologie mentale. La confusion règne entre psychologues, psychothérapeutes, psychiatres, psychanalystes, psychogénéalogistes, et l'on se perdrait encore plus si l'on devait détailler les appartenances sectaires : freudiens, « annafreudiens » (*sic !*), adlériens, jungiens, kleiniens, postkleiniens, lacaniens, reichiens, les tenants de l'« analyse existentielle » de Binswanger, ceux de la « psychologie du moi » de Hartmann, de l'« analyse caractérielle » de Reich, sinon de son « orgonothérapie », de la « psychanalyse humaniste » de Fromm, ou bien encore du retour à l'hypnose de François Roustang qui fut jésuite, lacanien, avant de souscrire aujourd'hui aux techniques du vieux Charcot dont l'historiographie montre aujourd'hui combien elle était organisée pour le spectacle…

Le « psy » est censé répondre à des questions informulées, apporter une paix en faisant naître une angoisse inexistante afin de pouvoir exercer son magistère en offrant ce dont le sujet n'avait aucun besoin, apaiser des gens à qui l'on n'a pas même proposé d'effectuer par eux-mêmes le travail et qu'on infantilise en les dépossédant d'une volonté susceptible d'être sollicitée si on ne les en avait privés – sous prétexte de laisser faire les professionnels du « psy ».

5

**Pour une psychanalyse non freudienne.** D'où la nécessité de nettoyer les écuries d'Augias : *ni la « psychonévrose freudienne »* (selon l'expression de son biographe Ernest Jones…), présentée comme une thérapie universelle et toute-puissante ; *ni le bric-à-brac psy* dans lequel évolue une tribu qui, on le comprendra sans difficulté, refuse avec violence l'évaluation quand un rapport de l'Institut national de la santé et de la recherche médicale classe la « psychanalyse » bonne dernière en matière de résultats thérapeutiques ; *mais une psychanalyse non freudienne…*

L'invective et le mépris ayant tenu lieu de « débat », je souhaite préciser avec cette *Apostille* que j'aimerais que ce *Crépuscule d'une idole* soit aussi et *surtout* l'occasion de penser une psychothérapie pour aujourd'hui, voire pour demain. Dès lors que je ne peux me prévaloir de la clinique, il n'est pas question pour moi d'élaborer seul, et pour le papier, une psychanalyse non freudienne. Je crois aux vertus de ce que Pierre Bourdieu nommait un « intellectuel collectif », un groupe de travail dans lequel chacun se soucie moins de faire triompher les passions tristes, la haine en premier lieu, que des mérites de l'« agir communicationnel » de Jürgen Habermas.

Jadis, le marxisme se présentait comme un matérialisme dialectique, il est mort de n'avoir pas su être dialectique. De la même manière, la psychanalyse meurt de n'avoir pas été, elle non plus, dialectique.

Elle s'est trop souvent fossilisée dans un corpus daté, historiquement dépassé, contextuellement suranné. Elle a transformé la vérité solipsiste freudienne en vérité universelle anhistorique. Le lacanisme a moins été une réforme au sens de Luther qu'une contre-réforme freudienne lancée contre la machine de guerre freudo-marxiste. La psychanalyse est quasi morte d'avoir été exclusivement freudienne et d'avoir pour ce faire transformé Freud en icône intouchable.

Que serait donc une psychanalyse *non freudienne* ? J'emprunte cet usage de la négation au Bachelard de *La Philosophie du non* : contre la philosophie fermée, qui « pose ses principes comme intangibles, ses premières vérités comme totales et achevées » et se fait gloire de sa propre fermeture, le penseur solitaire propose une philosophie ouverte, critique, dialectique, qui prenne en compte l'évolution du monde, les progrès dans l'histoire et dise « *non* à l'expérience ancienne ». Bachelard veut « une action polémique incessante de la raison », il récuse la pure négativité, la jouissance d'une activité seulement négatrice. Il ne veut pas d'une négation de tout ou de n'importe quoi. Cette philosophie du non n'a rien à voir avec la négativité hégélienne qui prépare l'avènement d'une synthèse. Elle suppose la négation d'une pensée périmée au profit d'une nouvelle réflexion rendue possible par la philosophie obsolète. Une psychanalyse non freudienne définit une psychanalyse post-freudienne insoucieuse de l'héritage.

Ainsi, et pour se cantonner à la France, voici quelques pistes pour esquisser une psychanalyse non freudienne : la proposition faite par Politzer d'une psychologie scientifique ; le coup de génie sartrien de la psychanalyse existentielle dans *L'Être et le Néant*, puis dans *L'Idiot de la famille* ; les immenses potentialités freudo-marxistes de *L'Anti-Œdipe* de Deleuze et Guattari ; la lucidité critique active dans *Le Psychanalysme* de Robert Castel ; sinon les pages extrêmement critiques de Derrida contre la psychanalyse, dans un livre d'entretiens avec une certaine… Élisabeth Roudinesco ; ou bien encore les acquis des sciences nouvelles, de l'éthologie aux neurosciences en passant par la biologie moléculaire ou sa version comportementale, toutes ces avancées critiques fournissent de véritables occasions philosophiques d'une réforme qui n'a pas eu lieu. On peut ne pas vouloir débattre, ne pas entendre les voix discordantes, les criminaliser de la façon la plus navrante : on ne sauvera pas ainsi un bateau qui sombre. Voici ma proposition pour un chantier *collectif* nouveau : une Université populaire pourrait accueillir ce débat nécessaire.

# Dialectique de la psychanalyse

## *Où l'on apprend que Freud n'a pas inventé la psychanalyse...*

**Un autre inventeur de la psychanalyse.** Freud a pro-
noncé une série de conférences aux États-Unis en
1909. Selon Lacan qui prétendait le tenir d'une confidence de Jung, Freud aurait dit en arrivant à New
York : « Ils ne savent pas que nous leur apportons la
peste »… Freud détestait les Américains au point
d'affirmer que la psychanalyse leur allait comme une
chemise à un corbeau, mais il est fasciné par le Nouveau Monde et ne refuse tout de même pas un titre
américain de docteur honoris causa…

Lors de ce premier séjour, Freud se promène avec
Ferenczi dans un jardin pour mettre au point la théma-
tique générale de ses conférences. La première de ces
cinq leçons données pour la célébration du vingtième
anniversaire de la fondation de la Clark University de
Worcester (Massachusetts) s'intitule « De la psychanalyse ». On y lit cette surprenante affirmation : « Si c'est
un mérite que d'avoir appelé la psychanalyse à la vie,
alors ce n'est pas mon mérite. Je n'ai pas pris part aux
premiers débuts de celle-ci. J'étais étudiant, et occupé
à passer mes derniers examens, lorsqu'un autre médecin viennois, le Dr Josef Breuer, appliqua le premier ce
procédé sur une jeune fille malade d'hystérie (de 1880
à 1882) » (X, 5) – il s'agit d'Anna O. Donc : treize ans

après l'invention du mot, en septembre 1909, *Freud avoue n'être pas l'inventeur de la psychanalyse.*

En 1914, changement de ton radical. Dans *Contribution à l'histoire du mouvement psychanalytique* (l'un des deux monuments autobiographiques, avec *Ma vie et la psychanalyse*, à l'aide duquel Freud écrit sa légende), il n'est plus question de reconnaître à Breuer la paternité de la discipline. En même temps qu'il écrit ce texte, Jung et Adler développent une psychanalyse non freudienne. Or, pour Freud, la psychanalyse ne saurait être que freudienne. Toute psychanalyse se disant jungienne ou adlérienne, avant de pouvoir se dire reichienne ou rankienne par exemple, est considérée *par lui* comme nulle et non avenue. Freud effectue un coup d'État idéologique pour se rendre maître et possesseur de cette discipline collectivement élaborée.

Lisons : « Lorsque en 1909, du haut de la chaire d'une université américaine, il me fut donné pour la première fois de parler en public de la psychanalyse, j'ai déclaré, saisi d'émotion par ce que signifiait ce moment eu égard à tous les efforts que j'avais déployés, que ce n'était pas moi qui avais appelé à la vie la psychanalyse. Ce mérite, un autre l'avait acquis, Josef Breuer, à une époque où j'étais étudiant et occupé à passer mes examens (de 1880 à 1882). Cependant, des amis bien intentionnés m'ont depuis suggéré d'examiner si je n'ai pas donné alors à ma reconnaissance une expression inappropriée. J'aurais dû, comme en des circonstances antérieures, rendre hommage au "procédé cathartique" de Breuer en tant que stade préliminaire de la psychanalyse et ne faire commencer celle-ci qu'avec mon rejet de la technique hypnotique et l'introduction des libres associations » (XII, 249-250). Les choses sont claires : plus question de laisser dire ce qu'il avait affirmé en chaire précédemment, à savoir que la psychanalyse était l'invention de Breuer. Désormais, comme il apparaît un peu trop que la psychanalyse procède d'une aventure collective, Freud reprend la main : il est le seul, l'unique, l'inventeur, le découvreur, l'auteur, le créateur, personne d'autre que lui n'a le droit d'en réclamer la paternité.

Pour légitimer ce coup d'État, il lui suffit de prétendre que son ajout à la psychanalyse découverte par Breuer constitue la seule et unique définition possible, donc la véritable date de naissance de la discipline : le rejet de l'hypnose et la sollicitation de la méthode de l'association libre, autrement dit la mise à l'écart d'une technique que Freud avoue mal maîtriser (ses patients ne s'endorment pas…) et le nom de baptême technique (la technique dite de l'association libre) d'une invitation toute simple faite au patient à dire tout ce qui lui passe par la tête, voilà de quoi décaler la date de naissance et faire de Freud le seul Père. *Exit* Breuer, Freud triomphe en démiurge d'une discipline élaborée avant lui et avec d'autres…

2

**Un intellectuel collectif.** Le titre du livre autobiographique de Freud le dit pourtant clairement, il s'agit de proposer au lecteur une *Contribution à l'histoire du mouvement psychanalytique* – autrement dit, à une aventure collective… Les quatre volumes intitulés *Les Premiers Psychanalystes* regroupent les deux mille pages des *Minutes de la Société psychanalytique de Vienne* et montrent bien le caractère collectif de cette aventure. De 1906 à 1918, plus d'une vingtaine de personnes travaillent à la construction de cette discipline nouvelle, dont Alfred Adler, Wilhelm Stekel, Otto Rank, Paul Federn, Wilhelm Reich. Les Soirées psychologiques du mercredi débutent en 1902 dans l'appartement de Freud avant de devenir les Séances du mercredi, puis la Société psychanalytique de Vienne.

Constatons que la correspondance avec Fliess entamée dès 1887 se termine en 1904. Freud essayait ses théories sur son ami et échangeait avec lui ses idées, testait ses hypothèses, approfondissait ses intuitions ; il se retrouve extrêmement démuni intellectuellement au moment de la rupture voulue par Fliess. Le motif de celle-ci, rappelons-le, est le plagiat par Freud des idées de Fliess sur la bisexualité. Les réunions du Mercredi prennent la place tenue jadis par l'échange épistolaire avec l'ami fâché. Dans les deux cas, la pensée de Freud n'est pas solitaire, individuelle, géniale et sans source, mais collective et communautaire…

Les discussions se poursuivent bien après 1915, mais cessent d'être consignées… On évite ainsi de pouvoir établir le rôle de la communauté dans la construction de l'édifice personnel de Freud… Ainsi, les questions du narcissisme, de la métapsychologie, de la psychologie collective ont fait l'objet de séances approfondies dans ce travail d'équipe. Mais on lira *Pour introduire le narcissisme* (1914), *Métapsychologie* (1911-1917), *Au-delà du principe de plaisir* (1920), puis *Psychologie collective et analyse du moi* (1921) sans savoir ce que ces ouvrages doivent aux discussions, à tel ou tel intervenant de cette société aux paroles fort opportunément envolées...

Habilement, Freud laissait parler, il écoutait, puis commentait, critiquait, laissait les autres monter au feu, puis mesurait le degré de servilité des participants. Quand une idée contredit la sienne, il devient cassant, agressif. Adler fait les frais de cet autoritarisme. Jusqu'en 1908, la prise de parole est *obligatoire*! Pas question de tolérer des positions alternatives, autrement dit : des idées non freudiennes. La psychanalyse se veut moins, dans l'esprit de Freud, une discipline plurielle élaborée collectivement de l'analyse de la psyché que son unique forme freudienne. Freud veut des sujets, pas des amis. Ferenczi disait de lui : « Il n'aimait personne, hormis lui-même et son œuvre. »

3

**Élimination d'un rival.** De la même manière que Marx a réussi un coup d'État en affirmant qu'il n'existait qu'un seul socialisme, le sien, dit scientifique, parvenant à transformer tous les autres socialismes en un seul dont il était plus facile de couper la tête sous la rubrique du socialisme utopique, Freud a usé de ce type de manœuvre : la psychanalyse diverse et multiple, ancienne et préfreudienne, devient la discipline du seul Freud – les autres psychanalystes sont renvoyés au statut de dissidents, d'hérétiques, de séditieux à condamner de la façon la plus violente.

À l'*assassinat symbolique* de Josef Breuer, puis à l'*organisation de la disparition* de Wilhelm Fliess, à l'*effacement de l'intellectuel collectif* viennois des origines, ajoutons le *meurtre de Pierre Janet* qui croupit dans le cul-de-basse-fosse où Freud l'a envoyé de son vivant. Difficile aujourd'hui d'appréhender la vie et l'œuvre de ce penseur sans le filtre freudien…

Henri F. Ellenberger a publié une volumineuse *Histoire de la découverte de l'inconscient*. L'historien de la psychanalyse inscrit l'œuvre de Freud dans l'histoire de l'humanité, du siècle, de son temps, et récuse la version légendaire du génie solitaire. On trouve dans ce grand livre un long chapitre consacré à Pierre Janet, « l'une des principales sources de Freud ». Ce fut également une mine pour Adler et Jung qui, à l'inverse, n'ont pas caché cette influence majeure sur leur travail.

Pierre Janet fut élève à l'École normale supérieure, agrégé de philosophie, docteur en médecine, auteur de manuels de philosophie, professeur de lycée, puis au Collège de France, membre de l'Institut, condisciple de Bergson avec lequel il est resté ami, disciple du philosophe vitaliste Jean-Marie Guyau, praticien hospitalier, mais également médecin avec une clientèle privée, directeur du laboratoire de psychologie de Charcot à la

Salpêtrière. Il a publié une vingtaine de livres et entre deux et trois cents articles jamais réunis en volumes.

On lui doit la création du mot *subconscient*, un signifiant inventé pour le distinguer d'*inconscient*, trop connoté par Schopenhauer et Hartmann, deux philosophes alors à la mode en France. Dès 1886, *soit sept ans avant Freud*, Pierre Janet travaille sur des cas cliniques aujourd'hui méconnus : « Lucie », « Marcelle », « Justine », « Achille », « Madame D. », « Madeleine ». Mais ses analyses paraissent dans la *Revue philosophique* et demeurent confidentielles. Si d'aventure lui ou ses disciples avaient eu le souci d'une publication assimilable aux *Cinq psychanalyses* de Freud, s'il avait également disposé de thuriféraires tout à la solde d'une légende janétienne, nul doute que le destin de cette œuvre n'aurait pas été le même.

Ce que Pierre Janet découvre, *bien avant Freud*, c'est tout simplement ce qui constitue la prétendue découverte de Freud : les traumatismes psychiques enfouis dans le subconscient, ignorés par le patient donc, induisent son comportement pathologique. Comment parvenir aux secrets enfermés dans le subconscient ? Par l'hypnose, puis par l'*écriture automatique* (*sic*) et la *parole automatique* grâce auxquelles le patient dit tout ce qui lui passe par la tête… Freud inventeur de la méthode d'association libre qui, selon son propre aveu, constitue la véritable date de naissance de la psychanalyse ? Allons donc… Si Freud a raison dans sa définition qui fait de l'invention de cette méthode la seule date de naissance de la discipline, alors Pierre Janet l'invente avant lui !

En 1892, Janet présente un cas et ses conclusions au Congrès international de psychologie à Londres. Le mot psychanalyse date de 1896, il apparaîtra *quatre années plus tard* sous la plume de Freud dans *L'Hérédité et l'Étiologie des névroses*. Dans les *Études sur l'hystérie*, en 1895, trois années après l'exposé des découvertes du Français, Freud parle encore d'« analyse psychologique ». On doit donc à Pierre Janet la méthode cathartique dont Freud dit qu'elle est une découverte de Breuer. Mais une partie de l'historiographie freudienne française écrit sans vergogne que faire de l'histoire et constater que Janet le catholique français précède Freud le juif viennois en matière de constitution de la discipline psychanalytique, c'est évidemment obéir à un tropisme nationaliste, puis, *bien sûr*, antisémite…

Le mot *psycho-analyse* se trouve écrit pour la première fois dans un texte rédigé en langue française publié le 30 mars 1896… « Je dois mes résultats à l'emploi d'une nouvelle méthode de psycho-analyse, au procédé explorateur de J. Breuer, un peu subtil, mais qu'on ne saurait remplacer, tant il s'est montré fertile pour éclaircir les voies obscures de l'idéation inconsciente » (III, 116), écrit Freud… Pour quelles raisons ce texte est-il écrit en français ? Parce qu'il s'adresse à dessein, les premiers mots du texte le prouvent, « aux disciples de J.M. Charcot » (III, 107) dont… Pierre Janet, nommément cité par Freud.

Que l'étiologie des pathologies soit traumatique ; qu'elle renvoie à un passé enfoui dans le subconscient ; qu'il ait été refoulé bien que conservé ; que ce refoule-

ment soit la cause du symptôme ; qu'une méthode
cathartique faite d'associations libres, par la parole et
par l'écrit, mais également par l'hypnose, permette de
connaître la nature de ce refoulement ; que la pathologie disparaisse avec ce processus de conscientisation
(l'abréaction freudienne...), tout cela constitue *d'abord*
la doctrine de Pierre Janet – *ensuite* celle de Freud.

Pour sa part, Freud ajoute un infime grain de sel :
la sexualisation de tout traumatisme. Ainsi, avec la
méthode cathartique, « on poursuit les symptômes
hystériques jusqu'à leur origine qu'on trouve toutes
les fois (*sic*) dans un événement de la vie sexuelle du
sujet bien propre à produire une émotion pénible »
(III, 116). Là où Janet manifeste une totale ouverture
au monde en sollicitant *tout* événement susceptible de
causer un traumatisme, Freud réduit l'étiologie à la
*seule* sexualité. Pourtant, il s'offusquait qu'on fasse de
sa psychanalyse un pansexualisme !

L'assassinat symbolique de Janet par Freud s'effectue, on ne s'en étonnera pas, dans l'hagiographie rédi-
gée par ses soins : *Contribution à l'histoire du
mouvement psychanalytique*. À Londres, en 1913, au
Congrès international de médecine, Pierre Janet revendique à juste titre la paternité de la découverte des
idées fixes subconscientes et de la méthode cathartique, puis il aggrave son cas en manifestant son scepti-
cisme sur le pansexualisme freudien. Janet aurait fait
savoir que les thèses freudiennes, qui rapportaient tout
à la sexualité, relevaient du contexte des mœurs vien-
noises. Cette assertion se comprend si l'on se souvient
que la capitale était en effet la ville du Sacher-Masoch

de *La Vénus à la fourrure* (1870), de la *Psychopathia sexualis* (1886) de Krafft-Ebing ou de *Sexe et Caractère* (1903) d'Otto Weininger.

Vexé, l'auteur de *Trois essais sur la théorie de la sexualité* en profite pour insinuer que, de façon détournée, « par euphémisme » (XII, 285) pour le dire avec son expression, ce que Pierre Janet vise là c'est, *bien sûr*, sa judéité ! Comment se remettre d'une accusation insinuante d'antisémitisme, une arme mise au point par Freud en son temps pour criminaliser toute opposition à sa doctrine et que ses affidés utilisent sans retenue y compris et surtout depuis Auschwitz ?

Au mépris de toute vérité historique, à l'issue du Congrès de 1913, l'hagiographe Ernest Jones accuse publiquement Pierre Janet de mensonge : aucune découverte de Freud ne devrait quoi que ce soit à Janet ! En 1945, pour parachever le crime, la psychanalyste Madeleine Cavé publie *L'Œuvre paradoxale de Freud. Essai sur la théorie des névroses* aux Presses universitaires de France. Fidèle aux méthodes mafieuses des disciples de Freud, elle accuse Pierre Janet d'avoir plagié les *Études sur l'hystérie* de Josef Breuer et Sigmund Freud, un texte qui date pour sa première parution en revue de 1893. Or le texte incriminé de Janet consacré au cas Marie est paru en 1889, soit *quatre années avant celui de Freud* ! Qui pille qui ?

Antisémite, imposteur théorique, voleur d'idées selon les freudiens, Pierre Janet, qui ne fut d'aucune école, ne s'organisa pas en secte, publia après avoir étayé ses conclusions sur une clinique dûment constituée, était de nature timide et réservée, entra dans l'oubli pendant que Freud qui inventait des cas, mentait sur une clinique inexistante, affirmait faussement des guérisons, publiait sans observations empiriques, avançait en conquistador et affirmait que la psychanalyse, c'était son affaire à lui seul et à personne d'autre.

Dans le marbre de son *Autoprésentation* (on n'est jamais aussi bien servi que par soi-même…), Freud écrit : « Ma présentation aura nécessairement montré au lecteur que la psychanalyse est, d'un point de vue historique, pleinement indépendante des découvertes de Janet, de même qu'elle s'en écarte également par son contenu et les déborde largement. Jamais non plus n'auraient procédé des travaux de Janet les conséquences qui ont rendu la psychanalyse si importante pour les sciences de l'esprit et lui ont attiré l'intérêt le plus général. J'ai toujours traité Janet lui-même très respectueusement [M.O. : *y compris en le faisant passer pour un antisémite…*], parce que ses découvertes rencontrent pour une bonne part celles de Breuer, qui avaient été faites et publiées antérieurement [M.O. : *on a vu que c'était faux : 1889 pour Janet, 1893 pour Breuer…*]. Mais lorsque la psychanalyse est devenue en France aussi objet de discussion, Janet s'est mal comporté [M.O. : *en revendiquant légitimement son bien…*], a fait montre d'une maigre compétence et a eu recours à de vilains arguments [M.O. : *antisémites bien sûr…*] » (XVII, 78) – on croit rêver…

## 4

**Construction d'une machine de guerre.** On pourrait allonger la liste des thérapeutes qui, à l'époque, entre hypnose et rituels à leur main, *comme Freud, mais ni plus ni moins*, obtiennent des résultats tangibles dans les limites de l'effet placebo : Auguste Forel en Suisse, Albert Moll dont l'ouvrage *Libido sexualis* (1897) n'a pas été sans produire d'effets sur le corpus freudien, Hippolyte Bernheim, fondateur de l'École de Nancy, inventeur du concept de « psychothérapie », visité par Freud en 1889, auteur d'un *De la suggestion et de ses applications à la thérapeutique* traduit par Freud lui-même qui avait également donné la version allemande d'une partie des Leçons de Charcot, enfin Paul-Charles Dubois et autres personnages ayant rejoint les rayons obscurs de l'histoire de la psychopathologie ou des « guérisons » de papier…

Tout ceci pour parvenir à cette conclusion : Freud n'est pas le seul, l'unique, l'inventeur solitaire de la psychanalyse en dehors de l'histoire, dans l'absolu. Il existe un moment historique dont il procède dans lequel s'effectuent des recherches, sinon des trouvailles. Il lit, s'inspire, se tient au courant de la littérature scientifique du moment. Mais il cache ses sources. Malin, il convoque la « cryptomnésie » pour justifier qu'une idée présentée comme sienne puisse tout de même avoir une source ailleurs, sans que la conscience s'en souvienne, parce que enfouie, oubliée, inscrite dans l'inconscient !

La psychanalyse, comme l'étymologie l'indique, est *la discipline qui propose une analyse de la psyché*. Dans le fourmillement théorique et clinique de son siècle, Freud semble selon la légende dorée le seul à avoir trouvé ce que les autres cherchaient. En fait, la seule invention à mettre à son crédit, c'est la construction d'une infrastructure de guerre redoutable afin d'assurer le leadership viennois, puis autrichien, puis européen, puis mondial d'un homme qui confisque à son seul profit le travail d'une multitude de tâcherons envoyés dans les culs-de-basse-fosse de l'histoire.

Avec disciples et congrès, maisons d'édition et revue à sa main, désir de maillage national, puis volonté d'empire européen et planétaire, mobilisation d'une avant-garde militante totalement dévouée dans laquelle Freud a prélevé les hagiographes, les disciples zélés, les « idiots utiles », les figures adoubées sur le mode secret, élitiste et médiéval, avec intailles offertes par le maître en personne comme signe de reconnaissance, un homme seul a transformé sa secte viennoise en religion planétaire. Alors qu'à la fin du XIXe siècle et au début du XXe la psychanalyse était diverse et multiple, riche de ses différences et de ses diversités, protéiforme et vivante, plurielle et polymorphe, elle est devenue, par le vouloir impérieux d'un seul homme, le nom d'une discipline n'ayant eu qu'une seule définition, une seule acception, une seule formule, une seule forme.

Le coup d'État freudien a réussi. Car on croit en effet encore aujourd'hui que *la* psychanalyse définit la seule et unique proposition freudienne. Les

définitions de dictionnaires, les entrées d'encyclopé-
dies, les articles pédagogiques, les manuels de philosophie, les programmes scolaires et universitaires, les
ouvrages de synthèse le répètent à l'envi : *la psychanalyse, c'est l'œuvre (géniale) du seul Freud...* D'où la
méfiance, puis le mépris, ou bien encore la haine des
tenants de la fable freudienne à l'endroit de quiconque revendique les armes de l'historien des idées
pour aborder la question éclairante de la constitution
de cette discipline comme « science ». L'épistémologie
fonctionne en arme de guerre redoutable contre la
construction des légendes.

En fait, la psychanalyse nomme une discipline qui
propose, l'étymologie en témoigne, une *cartographie de
la psyché*, puis une *technique thérapeutique* capable de
permettre la levée des souffrances existentielles à
l'œuvre au noir dans cette psyché. Dans cette configuration non freudienne, sinon post-freudienne, Freud
tient son rôle, certes, mais pas tous les rôles. Il est l'un
des innombrables psychanalystes, mais la psychanalyse
ne saurait se réduire à sa seule proposition.

De la même manière que Marx n'épuise pas tous les
socialismes, Freud ne tarit pas toutes les psychanalyses. Elle existait avant lui, Breuer par exemple si l'on
en croit Freud lui-même, mais également Pierre Janet ;
elle se constituait pendant lui, avec Rank et Ferenczi,
Adler et Jung, Binswanger et Jones, Stekel et Federn,
Lou Salomé et Marie Bonaparte si l'on veut quelques
noms de théoriciens, mais également avec Brecher et
Steiner, Kahane, Heller et Haütler, Sadger et Reitler,
Urbantschitsch et Wittels et une dizaine d'autres ;

mais elle s'épanouit également après lui – du freudo-marxisme de Reich à la schizo-analyse de Deleuze et Guattari, en passant par la psychologie concrète de Politzer ou bien encore la psychanalyse existentielle de Sartre. De sorte qu'il peut bien exister pour aujour-d'hui, mais également pour demain, *une autre psycha-nalyse que la seule formule freudienne…*

Toute pensée non dialectique court le risque d'échapper à l'histoire et de disposer de la légende pour unique moteur. L'inscription dans le temps est une précaution d'hygiène intellectuelle. Seules les reli-gions revendiquent le statut d'extraterritorialité histo-rique : divinité du messie, parole révélée, caractère sacré de la doctrine, légende dorée, puis, construction d'un clergé, promulgation d'une orthodoxie. Consé-quemment : décision d'une hétérodoxie, inquisition pour les hérétiques, bûchers symboliques ou réels, excommunications tapageuses, criminalisation de toute opposition… *Quel individu sain d'esprit peut vouloir cela ?*

# 1

## Un inconscient immatériel…

*Où l'on apprend que l'inconscient freudien,
c'est l'inconscient de Freud…*

*« Je t'ai dit que*
*mon plus important patient était moi-même. »*

Freud à Fliess, 14 novembre 1897.

## 1

**L'inconscient performatif.** Freud passe pour avoir découvert l'inconscient, mais la lecture de l'œuvre complète dans le dessein de glaner ici ou là une définition claire et distincte de cet étrange objet philosophique impossible à cerner laisse dans l'insatisfaction : une ombre, un écho, une silhouette, rien de plus, l'inconscient recule devant chaque investigation réflexive… À la manière du Dieu de la théologie négative, on ne peut rien en dire : *il est*… Le performatif nomme en effet le mode de prédilection épistémologique de Freud. Il se dit scientifique et revendique une clinique qui, bien souvent, n'existe pas ou existe de façon subjective, ramassée pour les besoins de sa démonstration dans une narration littéraire, dans un récit de pure fiction construit comme une nouvelle ou un petit roman policier : une énigme à déchiffrer, un crime, des indices, une enquête, puis la conclusion du commissaire qui, sentencieux, révèle l'identité du coupable – toujours une variation sur le thème œdipien…

Dans les six mille pages de l'œuvre complète, aucun texte ne définit clairement l'inconscient. L'esprit français de clarté et de distinction cartésienne ne trouvera pas son compte en fermant le dernier volume de l'abondante œuvre freudienne… Ce qui n'aura pas été clairement énoncé n'aura probablement pas été bien conçu. L'épicentre de la pensée freudienne reste désespérément invisible. Invisible, donc introuvable – donc à même de générer les constructions les plus fantasques.

Freud distingue farouchement son inconscient de l'acception philosophique courante qui nomme ainsi la partie méconnue, ignorée ou restée dans l'ombre, de la conscience. Pour se démarquer des propositions théoriques de Schopenhauer, Nietzsche ou Hartmann dans lesquelles l'inconscient tient une place majeure, Freud revendique l'examen clinique, l'observation des patients, l'enquête sur le divan, la longue pratique du cabinet. Du haut de ces arguments utiles pour revendiquer une autre place et un autre statut que celui de philosophe, Freud récuse toute existence de l'inconscient avant lui. Il se prétend, ici comme ailleurs, seul et unique, inventeur et découvreur sans prédécesseurs.

La lecture attentive de l'œuvre complète montre sans doute la possibilité que *l'inconscient freudien* soit *l'inconscient de Freud* : il extrapole en effet ses propres fantasmes à la planète entière. Le mythe d'une auto-analyse entretenu par la légende dorée dissimule mal le caractère exclusivement autobiographique de toute l'œuvre (*philosophique*) de Sigmund Freud. La curée ayant accueilli *Le Crépuscule d'une idole* a empêché qu'on entende la thèse nietzschéenne de cet ouvrage : la psychanalyse freudienne est l'autobiographie de son auteur, la confession de son créateur. Ce qui n'est pas rien, certes, mais pas plus que cela non plus : une proposition existentielle personnelle faite par Freud à Freud (avec une prise en otage du restant de l'humanité...), pour vivre avec ses fantasmes, ses obsessions, ses pathologies, ses délires, ses envies, sa libido. L'inconscient *selon* Freud, c'est tout bonnement l'inconscient *de* Freud. Ce qui s'y trouve relève de projections personnelles. Freud y voit ce qu'il y met – autrement dit, les tourments de sa propre psyché.

## 2

**Un cinéma solipsiste.** Que trouve-t-on, donc, dans l'inconscient de Freud ? *Le célèbre complexe d'Œdipe.* Chacun connaît la transformation des aventures du héros grec dans la mythologie fantasque de Freud : le fils aspire à s'unir sexuellement à sa mère et, de ce fait, considère le père comme un obstacle à supprimer. Amour pour la mère, désir de mort pour le père, voilà la vérité substantielle de toute existence psychique masculine. La chose fonctionne également chez la petite fille qui veut l'union sexuelle avec son père et considère sa mère comme le sujet encombrant de sa libido. La petite veut « un cadeau du père » (XVII, 194), autrement dit, un enfant de lui...

La généalogie de cette histoire œdipienne fantasque se trouve dans une lettre à Fliess. On comprend que, pour cette raison, et pour beaucoup d'autres, cette correspondance qui révèle l'arrière-boutique de la psychanalyse freudienne ait été expurgée pendant des années, publiée en morceaux choisis tout à la gloire de Freud et que les thuriféraires, Anna Freud en tête, aient fait paraître leurs choix sous le titre *La Naissance de la psychanalyse*. Donnons donc raison à la fille de Freud : ces lettres permettent en effet d'assister à la naissance de la psychanalyse en général et de quelques-uns de ces concepts majeurs en particulier.

Que dit par exemple la lettre du 3 octobre 1897 – un an après la création du mot psychanalyse ? Pendant un voyage de Leipzig à Vienne ayant contraint le fils et sa mère à partager un wagon-lit (ou une chambre d'hôtel…), Freud affirme qu'il lui « a certainement été donné de la voir *nudam* ». Donc, une hypothèse : il a *probablement* vu sa mère nue. Puis, extrapolation dans une seconde lettre à Fliess, le 15 octobre de la même année : « Il m'est venu une seule pensée ayant une valeur générale (*sic*). Chez moi aussi j'ai trouvé le sentiment amoureux pour la mère et la jalousie envers le père, et je les considère maintenant comme un événement général de la prime enfance. » Ce qui n'est qu'une *probabilité* dans une lettre devient douze jours plus tard une *certitude* universelle du simple fait que Fliess a probablement abondé dans le sens de son ami – ce que laisse entendre le « moi aussi » de la correspondance, mais comme Freud a détruit les lettres de Fliess, on n'en saura jamais rien.

La doctrine se trouve ainsi validée. Dès lors, on peut lire cette incontestable vérité dans *L'Interprétation du rêve* : « À nous tous peut-être il fut dévolu de diriger notre première motion sexuelle sur la mère, notre première haine et notre premier souhait de violence contre le père ; nos rêves nous convainquent de cela. Le roi Œdipe, qui a abattu son père Laïos et épousé sa mère Jocaste, n'est que l'accomplissement de souhaits de notre enfance » (IV, 303). Par la grâce du performatif freudien, le souhait du petit garçon est devenu vérité scientifique universelle.

## 3

**Manger du Père.** Dans l'inconscient selon Freud se trouvent également d'autres éléments étonnants. Peu ou prou, tous proposent une variation sur le thème œdipien. Par exemple, deuxième film solipsiste freudien, *le fameux « mythe scientifique du père de la horde originaire »* (XVI, 74), une formule osée dans *Psychologie des masses et analyse du moi*. Car un « mythe scientifique », voilà l'un des plus beaux oxymores de toute la philosophie occidentale ! Ou bien le psychanalyste revendique la science, dès lors il tourne le dos au mythe ; ou bien il se réclame du mythe, alors il cesse de se prétendre scientifique… Mais chez Freud, on peut revendiquer le *mythe scientifique*…

Dans la plus haute époque préhistorique, un chef de horde possédait la totalité des femelles, spoliant ainsi les fils d'unions sexuelles avec les femmes de leur propre père... Pour un seul Laïos, une infinité de Jocaste impossibles à posséder sexuellement ! Frustrés, castrés, empêchés, entravés dans leurs désirs incestueux, les fils tuent le père... Puis, allez savoir pourquoi, ils mangent son corps lors d'un banquet cannibale. L'esprit leur vint après le forfait : ils expérimentèrent alors le remords, puis décidèrent de la Loi qui rendit possible la société en interdisant ce forfait fondateur de la civilisation.

Freud croit à la transmission phylogénétique de cette fiction, autrement dit à sa propagation immatérielle, sur le mode apparenté à la métempsycose, de générations en générations : elle est donc hypothèse gratuite de philosophe qui, dans son cabinet, lit des récits ethnographiques pour écrire *Totem et Tabou*, mais elle devient vérité scientifique par la grâce du postulat de cette transmission immatérielle d'être à être, jusqu'à nous. À la manière du péché originel des chrétiens, ce meurtre du père primitif habite notre inconscient et génère la loi, le droit, la religion, la philosophie, etc.

4

**Le fantasme, plus réel que le réel.** Troisième film freudien solipsiste : *la séduction sexuelle des enfants par leur propre père*. Toujours sur le principe performatif, Freud décrète que les géniteurs abusent sexuellement de leur progéniture. Dans une lettre à Fliess, quatre mois après la mort de son père, Freud écrit : « Malheureusement mon propre père a été l'un de ces pervers et a été responsable de l'hystérie de mon frère (dont les états correspondent tous à une identification) et de celle de quelques-unes de mes plus jeunes sœurs. La fréquence de cette relation me donne souvent à penser » (8 février 1897). Voilà donc un second fantasme transformé en vérité scientifique.

Des preuves ? Il avoue un rêve avec des « sentiments exagérément tendres » (31 mai 1897) pour sa fille : « Le rêve montre bien sûr (*sic*) mon souhait accompli : celui de prendre sur le fait un *pater* en tant qu'il est générateur de la névrose, et il met fin aux doutes très vifs que je continue d'avoir. » Puis, méthode habituelle, Freud passe d'un rêve à une certitude scientifique. Il écrit dans *Sur l'étiologie de l'hystérie* (1896) : « Je pose donc l'affirmation (*sic*) qu'à la base de chaque cas d'hystérie, se trouvent – reproductibles par le travail analytique, malgré l'intervalle de temps embrassant des décennies – un ou plusieurs vécus d'expérience sexuelle prématurée, qui appartiennent à la jeunesse la plus précoce. Je tiens ceci pour un dévoilement important pour la découverte d'une source du Nil de la neuropathologie » (III, 162). Pour parvenir à ces conclusions, il prétend avoir travaillé sur dix-huit cas – les historiens de la psychanalyse mettent à bas cette légende : il n'a matériellement pas pu disposer de cette clinique, une certitude qui ressort d'une fine lecture des lettres à Fliess de cette époque.

La légende dit que Freud a renoncé à cette théorie en septembre 1897. En fait, les clientes quittaient le cabinet après avoir demandé des comptes à leur père... Freud ne pouvait se permettre ce genre d'hémorragie de clientèle dommageable à ses revenus. Il avoue donc renoncer, mais en 1915, dans *Communication d'un cas de paranoïa contredisant la théorie psychanalytique* (XIII, 314), il persiste dans sa thèse d'une scène primitive au cours de laquelle l'enfant a vu ses parents copuler : soit de manière réelle, ontogénétique donc, soit de manière phylogénétique. Ce qui a eu lieu *réellement* dans la plus haute préhistoire de la psyché qui devient la *vérité fantasmatique* de chaque individu. Par la magie de la phylogenèse, la scène primitive du coït de ses propres parents agit en éternel présent logé dans notre inconscient... Soit on a vu vraiment, alors pas de doute, Freud a raison ; soit on n'a pas vu réellement, mais fantasmatiquement, ce qui est encore plus vrai que la vérité matérielle, dès lors Freud a encore plus raison.

## 5

**Se souvenir d'un viol préhistorique.** Quatrième film solipsiste freudien : *les femmes se vengent d'un viol primitif infligé par le premier homme.* Dans l'inconscient des femmes, on trouve également, toujours par la magie phylogénétique, une expérience explicative de la « rancœur hostile de la femme envers l'homme » (XV, 93).

Tout à sa critique du féminisme, des revendications légitimes des femmes réclamant une égalité des droits qu'il entend comme castratrice et comme une haine des hommes, Freud décide d'une expérience généalogique : la première relation sexuelle du premier homme avec la première femme. Fournisseur d'un *nouveau* « mythe scientifique », Freud décrète que cette relation sexuelle a été violente et brutale pour la femme, donc traumatisante et insatisfaisante. Dès lors, cette violence infligée dans la nuit des temps lui a fait concevoir une haine des hommes transmise par la phylogenèse : donc, cette haine préhistorique des femmes pour les hommes demeure active à chaque instant de leur présent...

Le désir d'émancipation des femmes est assimilable à un désir de castration des hommes, écrit Freud. Dans toute revendication féministe, il voit l'écho de cette sexualité originelle traumatisante : depuis, les femmes se vengent. D'où leur inextinguible animosité envers les hommes. Elles veulent le pénis qui leur manque et auquel elles doivent ce souvenir mauvais. Toute la misère des femmes vient du fait qu'elles ne sont pas des hommes et se vit sur le mode de la castration : il leur manque l'essentiel, un phallus...

Voilà pour quelles raisons, leur inconscient les guidant sur cette voie-là, elles manifestent, écrit-il, un moindre sentiment de la justice, une éternelle incapacité viscérale à faire primer la raison sur les passions, un irréfragable déni des nécessités de la vie (XVII, 201)... Dans l'inconscient des femmes, toujours selon Freud bien sûr, on trouve un viol d'un genre adamique... De ce fait, les relations entre les hommes et les femmes manifesteront toujours cette animosité enracinée dans l'inconscient féminin. Dès lors, le combat féministe est infondé.

6

**Découverte d'un inconscient nominaliste.** Coucher avec sa mère, tuer son père puis le manger, assister à la copulation de ses parents, subir un viol généalogique : faut-il vraiment croire Freud sur parole quand il affirme sans sourciller que tout le monde recèle dans son inconscient ces moments constitutifs de son être autant que de l'humanité ? Doit-on le suivre quand il affirme que l'inconscient nomme cette étrange mémoire des temps primitifs qui cristallise d'hypothétiques événements ayant eu lieu dans la plus haute antiquité préhistorique et demeurant intacts et efficaces des millions d'années plus tard ? Freud parle, dans *L'Homme Moïse et la religion monothéiste*, de « contenus idéatifs » et de « traces mnésiques » totalement indépendantes de la biologie. Il affirme malgré tout leur existence *contre* ce qu'enseigne la biologie… Cette croyance à la transmission phylogénétique, autrement dit d'individu à individu, sans le support de la matérialité biologique, le sang ou les gènes, de récits présentés comme vrais et devenus encore plus vrais parce que fantasmatiques, est-elle vraiment défendable ?

Chez Freud, l'hypothèse de ce qui aurait pu avoir lieu devient récit authentique de faits historiques avérés – car il prend ses désirs pour la réalité. Ce qu'il rêve, pense, imagine, a plus de consistance que ce qui a vraiment existé. Le réel est moins vrai que le fantasme. Freud a un rêve ? Il devient *de facto* réalité. Le docteur viennois désire sexuellement sa fille dans un songe rapporté à son ami Fliess ? Il conclut que tous les pères abusent sexuellement de leurs filles dans la réalité ou le fantasme...

L'inconscient, Freud peut bien prétendre l'avoir découvert, lui et lui seul, sans personne d'autre avant lui : il lui aura suffi pour ce faire d'un travail d'introspection dans sa chambre et de déchiffrage de ses fantasmes dans son bureau qui, pour lui, était le monde. Ce qu'il découvre est moins *l'*inconscient que *son* inconscient : un inconscient solipsiste dont il extrapole le contenu à l'humanité tout entière. Ce conquistador croyait avoir découvert un nouveau continent alors qu'il venait juste d'apercevoir l'enclos de son petit jardin intérieur.

Qui peut imaginer en effet que le songe freudien corresponde à la vérité de tout un chacun ? Tout homme voudrait s'unir sexuellement avec sa mère ? Toute fille avec son père ? Allons donc... Tous les garçons voudraient assassiner leur père et manger ensuite la chair de son cadavre ? Et puis quoi encore... Les uns et les autres, nous aurions assisté à l'union sexuelle de nos propres géniteurs ? Soyons sérieux... Les femmes voudraient le pénis qui leur manque en souvenir de la blessure infligée par ce funeste organe lors de la première relation sexuelle, il y a des millions d'années ? Ce qui, en passant, expliquerait l'infériorité ontologique des femmes et rendrait caduque toute aspiration féministe...

On comprend que Freud affirme sans vergogne que personne avant lui n'avait découvert ces choses-là ! En effet, il fallait bien être Freud, avec l'histoire personnelle de ce personnage perdu dans le labyrinthe de sa famille reconstituée sur un même étage pour trois générations, pour disposer d'une pareille vision du monde. Les trois mariages de son père, un beau-fils plus jeune que son paternel, un neveu sensiblement du même âge que sa sœur, tout cela pouvait en effet troubler un enfant dont l'identité se sera trouvée longtemps problématique. L'ardente passion d'une jeune mère juive pour son fils et l'existence d'un géniteur qui aurait pu être le père de sa propre mère, voilà également matière à troubles existentiels. Mais le fantasme incestueux est chimère personnelle de Freud, et non vérité universelle valable depuis l'apparition du premier homme sur terre jusqu'à la disparition de son dernier représentant.

Comment pourrait-on aborder l'homme dans sa totalité à partir de cette fiction solipsiste ? L'inconscient freudien est immatériel, éternel, immortel, sans localisation possible, et pour cause : dans une conversation avec Ludwig Binswanger, le père de l'analyse existentielle, Freud en faisait un noumène kantien, autrement dit un pur objet intellectuel. Il disait : « L'inconscient est métapsychique et nous le prenons simplement pour réel ! » Lisons Binswanger parlant de Freud : « Il affirme que, de même que Kant a postulé la chose en soi derrière l'apparence, il a postulé (*sic*) derrière le conscient accessible à notre expérience, l'inconscient, mais qui ne pourra jamais être un objet d'expérience directe.» Objet de foi, donc… On me permettra de ne pas souscrire à cette *croyance…*

# 2

## … Ou un inconscient matériel ?

*Où l'on apprend que Freud a prévu la mort
de la psychanalyse…*

**La fiction de l'immatérialité.** La philosophie, en tant que superstructure idéologique, travaille pour le compte de la civilisation qui l'appointe. Du moins la philosophie dominante, officielle, institutionnelle. Celle qu'on enseigne dans les classes de philosophie de l'école républicaine : l'allégorie de la caverne platonicienne, la cité céleste augustinienne, les preuves thomistes de l'existence de Dieu, le cogito cartésien, les deux infinis pascaliens, la monade leibnizienne, l'état de nature rousseauiste, l'impératif catégorique kantien, l'esprit absolu hégélien, l'oubli de l'Être heideggérien – mais également *l'inconscient freudien*.

Parallèlement, il existe une autre philosophie, celle de la contre-allée, des marges, une pensée alternative nullement au service de Dieu et du Roi, de la Religion et de la soumission, et qui propose la lecture d'un monde immanent : les particules de Leucippe, l'atome de Démocrite, le plaisir d'Épicure, la nature de Lucrèce, la vie de Montaigne, la joie spinoziste, la jouissance de La Mettrie, la matière de D'Holbach, l'homme d'Helvétius, le surhomme nietzschéen, la femme de Simone de Beauvoir – le matériau de ce que je nomme une contre-histoire de la philosophie.

L'irréductibilité de ces pensées diverses se ramasse sous une double rubrique : pour la première, l'idéalisme, le spiritualisme, le dualisme, le christianisme ; pour la seconde, l'atomisme, le matérialisme, le monisme, le sensualisme. L'une suppose un arrière-monde transcendant ; l'autre invite à ce monde-ci en affirmant qu'il est le seul. Freud, bien sûr, avec son inconscient nouménal, sa transmission phylogénétique de formes primitives, son psychisme immatériel, s'inscrit dans la première tradition. Sa psychanalyse se déploie dans la tradition idéaliste, spiritualiste, dualiste – pour tout dire : judéo-chrétienne.

L'âme et l'esprit subissent la loi sémantique de la philosophie dominante. La plupart du temps, ces deux notions qualifient une parcelle de divinité concédée à la matérialité de l'homme dans le but de lui permettre, malgré la faute de l'incarnation (le péché de chair…), l'union avec le principe de la divinité. La matière, peccamineuse, autrement dit humaine trop humaine, est sauvée par la présence en elle d'une âme immatérielle dont la substance sans substance s'apparente à un fragment de la divinité.

Si l'on prie, médite, s'agenouille, manifeste de la piété, alors on sollicite cet instrument invisible toujours actif du bas vers le haut : l'âme monte vers Dieu pour s'unir à lui. De la procession platonicienne à l'union mystique avec Dieu, via l'ascension des hypostases plotiniennes vers l'Un-Bien, en passant par la confession augustinienne ou la prière thomiste, la tradition célèbre le ciel, le sommet, la verticalité, un monde au-dessus, une cité céleste. Freud n'échappe pas à cette règle et l'auto-analyse, sinon l'analyse, renvoie à cette contemplation d'un genre mystique d'une forme informe, d'une machine sans rouages, d'une instance sans matérialité, sans consistance, sans vérité tangible, d'un genre de soleil noir primitif et phylogénétique irradiant tout ce qui existe : l'inconscient.

La psychanalyse non freudienne s'inscrit dans la contre-histoire de la philosophie : elle nomme une psychanalyse qui récuse l'immatérialité psychique, la métapsychologie, l'héritage phylogénétique de formes *a priori* de la sensibilité psychologique, autrement dit, elle est une psychanalyse appuyée sur la matière qui va voir du côté des atomes, se soucie de la matérialité d'une énergie psychique et ne tourne pas le dos au corps, mais sait que, de toute éternité, la chair d'un être nomme son âme.

2

**Une généalogie philosophique antique.** Finissons-en avec le monopole idéaliste sur le mot *âme*. L'étymologie nomme ainsi, *dixit* Littré dans son premier sens, le « principe de vie », puis, en sens second : « le principe immatériel de la vie, l'âme après la mort ». Enfin : « l'ensemble des facultés morales et intellectuelles ». Développant le sens premier, il écrit ceci : « Les anciens philosophes admettaient une âme raisonnable, qui présidait aux fonctions de l'intelligence ; une âme sensitive, qui présidait aux sensations ; et une âme végétative, qui présidait à la nutrition. L'âme du monde, principe qui, suivant quelques philosophes, vivifie le monde. » Où l'on voit que le médecin positiviste devenu lexicographe donne à l'âme chrétienne une place réduite en regard des autres définitions possibles.

Le lignage qui permettrait d'affirmer un inconscient matériel prend sa source dans la philosophie abdéritaine il y a vingt-cinq siècles. Pour Démocrite, probable élève de Leucippe, l'âme est radicalement matérielle, composée d'atomes d'un genre particulier, elle est corruptible et se désagrège avec la mort. La forme sphérique des petits atomes lisses qui la constituent facilite la pénétration de toute chose. Elle agit comme un genre de feu.

Épicure reprend cette thèse. Puis il précise dans sa *Lettre à Hérodote* : « Ceux qui disent que l'âme est un incorporel parlent pour ne rien dire » (§ 67). La chose est claire… Mais l'œuvre d'Épicure a subi les outrages du temps et des hommes, des chrétiens pour qui cette philosophie abondante (Épicure avait écrit trois cents livres…) présentait un réel danger pour l'existence de leurs fictions : si le monde n'est que matière, les folies d'une âme immatérielle, de la résurrection de la chair dans un corps glorieux immatériel, de la transsubstantiation et du prétendu mystère de l'eucharistie, deviennent ontologiquement impossibles. Restent donc, en guise d'œuvres complètes d'Épicure : trois lettres et une poignée de maximes dites vaticanes – pas assez pour préciser une théorie de l'âme matérielle…

Avec plus de sept mille vers, le *De la nature des choses* de Lucrèce permet de connaître la pensée des philosophes épicuriens sur ce sujet. Lucrèce consacre une grande partie du chant III de son magnifique poème à définir l'esprit et l'âme. Sans surprise, les deux instances matérielles nomment des parties du corps. Il s'agit donc d'une même substance, mais de deux entités liées. L'une et l'autre se composent de vent, de feu et d'air, mais également d'un élément sans nom : « la puissance invisible du souffle » (III, 230). Cette force sans nom, c'est « l'âme de l'âme » (III, 280). Le caractère de chacun procède de la quantité d'atomes qui constitue chacun de ces éléments.

Lucrèce critique la théorie de Démocrite selon laquelle les atomes somatiques et les atomes psychiques seraient juxtaposés – un genre de dualisme au sein même de la matière. Pour lui, les atomes de l'âme sont petits, en nombre réduit et, surtout, chose importante, *disséminés dans tout le corps* (III, 370). *De la nature des choses* propose donc un monisme dans le monisme : de la matière dans la matière, et rien d'autre. Et non une matière en face d'une autre matière. Charles Guittard, le traducteur des éditions de l'Imprimerie nationale, – qui a lu Bergson… – n'hésite pas à utiliser l'expression « élan vital » (III, 396 et 560) pour parler de cette force lucrétienne qui nomme, avec le vent, le feu et l'air, ce quatrième élément constitutif de l'âme.

L'âme naît, vit, croit et meurt avec le corps. Elle l'accompagne puisqu'elle en est inséparable. Pas question, dès lors, d'une métempsycose ou d'une métensomatose d'un genre pythagoricien ou platonicien – ou... freudien, car qu'est-ce que l'héritage phylogénique de l'inconscient chez Freud, sinon une variation sur le thème de la métempsycose ? L'âme subit les troubles du corps et, pour ce faire, Lucrèce envisage l'ivresse, l'épilepsie, la léthargie, l'évanouissement, la perte de conscience. Et comme l'âme peut être malade, elle peut être également soignée et guérie par la médecine – autrement dit par *l'art d'intervenir sur l'agencement des atomes du corps...*

Leucippe, Démocrite, Épicure et Lucrèce, mais également les autres philosophes matérialistes épicuriens, Philodème de Gadara ou Diogène d'Œnoanda, posent les bases d'une généalogie à retrouver si l'on veut élaborer une psychanalyse non freudienne, matérialiste, atomiste, moniste pour prendre le contre-pied d'un inconscient freudien immatériel, constitué de fictions transmises sur le mode phylogénétique depuis le début de l'humanité. L'inconscient non freudien est matériel, moniste et nominaliste.

3

**Un inconscient nietzschéen.** Ce bref livre en forme d'apostille se veut simplement une esquisse. Dès lors, le temps manque pour entrer dans le détail d'une histoire de l'inconscient matérialiste. Réservons tout de même une place à Spinoza qui, dans une lettre sans date à Hugo Boxel, écrit : « L'autorité de Platon, d'Aristote, de Socrate, etc., n'a pas grand poids pour moi : j'aurais été surpris si vous aviez allégué Épicure, Démocrite, Lucrèce, ou l'un des atomistes et partisans des atomes. Rien d'étonnant à ce que des hommes qui ont cru aux qualités occultes, aux espèces intention- nelles, aux formes substantielles et mille autres niaise- ries aient imaginé des spectres et des esprits et cru les vieilles femmes pour affaiblir l'autorité de Démocrite » (1246-1247, éditions de la Pléiade). Démocrite, avec Spinoza, comme arme de guerre contre les niaiseries, les qualités occultes, les spectres de... Freud ? Je le pense...

Je voudrais en arriver à Nietzsche et à sa formidable théorie de l'âme déchristianisée. On comprend que Freud ait, avec l'énergie du désespoir, fait savoir avec une incroyable constance qu'il se refusait à la pensée de Nietzsche, tout en étant fasciné par elle, certifiant ne l'avoir pas lu, bien qu'il ait acheté ses œuvres com- plètes très tôt – des œuvres qu'il emporte d'ailleurs dans son exil à Londres alors que les cartons du démé- nagement étaient comptés...

Dans *Par-delà le bien et le mal*, Nietzsche en appelle à « un nouveau psychologue » pour remplacer « les psychologues du passé ». Le paragraphe 12 de la Pre- mière Partie de ce livre est considérable. *On peut en faire le texte généalogique d'une psychanalyse non freu- dienne.* Nietzsche récuse une théorie purement maté- rialiste de l'inconscient, qu'il sauve seulement dans la mesure où elle permet des formules utiles. Nietzsche ne donne pas un rôle majeur à l'atome antique – mais, on vient de le voir, Lucrèce non plus, moins soucieux des éléments de ce puzzle animique que de la force capable de lier les pièces. Souvenons-nous de la « puissance invisible du souffle », sinon de l'« élan vital », une formule non sans parenté avec la « volonté de puissance » nietzschéenne…

De même qu'il récuse le réductionnisme de *l'atomisme matérialiste*, Nietzsche récuse « *l'atomisme psychique* », autrement dit « la croyance qui fait de l'âme une chose indestructible, éternelle, indivisible, une monade, un atomon. Voilà la croyance qu'il faut extirper de la science ». Ni Démocrite, ni Platon, mais Nietzsche… Ainsi : « La voie est ouverte à des conceptions nouvelles, à des raffinements nouveaux de l'hypothèse de l'âme, et des notions comme celle de "l'âme mortelle", "l'âme multiple", "l'âme édifice collectif des instincts et des passions" réclament désormais d'avoir droit de cité dans la science. Le psychologue *nouveau*, tout en mettant fin à la superstition qui a proliféré autour de la notion d'âme avec une luxuriance quasi tropicale, s'est en quelque sorte exilé dans un nouveau désert et dans une méfiance nouvelle. Il se peut que la tâche des psychologues anciens ait été plus aisée et plus gaie ; mais en fin de compte il se sent par là même condamné à *inventer*, lui aussi, et qui sait ? peut-être aussi à *découvrir* » (I, §12).

Quelques pages plus loin, Nietzsche déplore que la psychologie soit restée victime de préjugés moraux : « […] elle n'a pas osé se risquer dans les profondeurs. La concevoir comme je le fais, sous les espèces d'une morphologie et d'une génétique de la volonté de puissance, c'est une idée qui n'a effleuré personne, si tant est qu'on puisse, d'après tout ce qui a été écrit, deviner aussi ce qui a été tu » (*ibid.*, 23). Il veut « une physio-psychologie » susceptible de devenir « la reine des sciences, celle que les autres sciences ont pour fonction de servir et de préparer. Car désormais la psychologie est de nouveau la voie qui conduit aux problèmes fondamentaux » (*ibid.*).

## 4

**Une « physio-psychologie ».** Qu'est-ce que cette « morphologie [...] de la Volonté de Puissance » ? La Volonté de Puissance, nul ne l'ignore, constitue le grand concept problématique du philosophe. Problématique pour la somme des malentendus accumulés sur cette expression empuantie du soufre national-socialiste. La Volonté de Puissance n'est pas l'aspiration à la puissance sur autrui par la violence ou la force. Cette vulgate fabriquée par la sœur du philosophe avec des textes falsifiés, des manuscrits inventés au service d'idéologies intéressées (celle de sa sœur antisémite, protofasciste, puis pronazie...) a durablement obscurci le message ontologique et métaphysique de l'auteur du *Gai Savoir*.

La Volonté de Puissance nietzschéenne se comprend facilement si l'on économise les gloses qui ajoutent de l'obscurité à ce qui, *a priori*, était pourtant simple. Dans ses fragments posthumes, on peut lire deux mots,

« Sipo Matador », qui nomment une plante des forêts tropicales d'Amazonie : une liane dont le mouvement en spirale ascendante est motivé par la quête de la lumière baignant le sommet des arbres. Une fois parvenu à la canopée, la plante « jouit du pur plaisir d'exister » – pour utiliser la formule d'Épicure. Voilà la Volonté de Puissance : la force qui pousse vers la lumière qui est la vie, l'énergie vitale. Nous sommes alors par-delà bien et mal. Cette force travaille l'infiniment grand du cosmos et l'infiniment petit de l'atome, elle désigne le mouvement des astres et le vibrionnement des particules autour du noyau de l'atome. Elle produit le même effet dans le corps du vivant. L'homme lui-même est volonté de puissance. Le corps également. Son inconscient bien sûr...

Pour avancer dans cette esquisse de la nouvelle psychologie appelée de ses vœux par Nietzsche, arrivons-en à *Ainsi parlait Zarathoustra* dans lequel Nietzsche parle du « soi », un concept qui, rappelons-le, est architectonique de la seconde topique freudienne sous la rubrique du « ça ». Lisons plus particulièrement ce chant immense et magnifique de potentialités philosophiques intitulé « Des contempteurs du corps ». Nietzsche veut en finir avec cette façon de parler, celle des enfants dit-il, qui oppose le corps et l'âme. Pour ce faire, il propose ceci : « Corps suis tout entier, et rien d'autre, et âme n'est qu'un mot pour quelque chose dans le corps. Le corps est une grande raison, une pluralité avec un sens unique. » Ce que l'on nomme « esprit » est une « petite raison », instrument de la « grande raison », du « soi ». Du « soi », Nietzsche écrit : « Il commande, et même du je il est le maître. Derrière tes pensées et tes sentiments, mon frère, se tient un puissant maître, un inconnu montreur de route – qui se nomme soi. En ton corps il habite, il est ton corps. » Le « soi » dicte au « je » ses concepts, sa douleur et son plaisir.

5

**Freud vitaliste contre Freud psychiste.** Freud a eu toute sa vie la plus grande répulsion pour Nietzsche, de ces répulsions tellement fortes qu'elles cachent évidemment une fascination travestie. Je pose l'hypothèse que Freud refoule un nietzschéisme constitutif du socle de sa propre pensée. Car, comme Nietzsche, Freud a pensé le corps comme grande raison, ultime point d'ancrage à tout, *y compris l'inconscient*. Mais, par un étrange désir inexplicable de privilégier son inconscient nouménal, sa créature métaphorique et allégorique, sa progéniture métapsychologique, Freud a fait passer au second plan ses considérations sur le « plasma germinal » qui, pourtant, hantent son travail jusqu'à la fin.

Dans *L'Interprétation du rêve*, il parle du « fondement organique de l'animique » (IV, 72). Régulièrement dans l'œuvre, il renvoie à cette notion empruntée au biologiste August Weismann. À la fin de son existence, dans *L'Analyse avec fin et l'analyse sans fin*, il écrit : « Pour le psychique, le biologique joue véritablement le rôle du roc originaire sous-jacent» (268). Entre les deux, en 1913, dans *L'Intérêt que présente la psychanalyse*, il avait affirmé : «Ce serait une grave erreur d'aller supposer que l'analyse vise ou cautionne une conception purement psychologique des troubles de l'âme. Elle ne saurait méconnaître que l'autre moitié du travail psychiatrique a pour contenu l'influence des facteurs organiques (mécaniques, toxiques, infectieux) sur l'appareil animique» (XII, 109). Ou bien, en 1914, dans *Pour introduire le narcissisme* : «Toutes nos conceptions provisoires (*sic*) de psychologie devront être un jour basées sur des rapports organiques» (XII, 223). Puis en 1915, dans *Métapsychologie* : «[…] l'activité animique est liée à la fonction du cerveau comme à nul autre organe» (XIII, 213). Enfin, en 1920, dans *Au-delà du principe de plaisir*, parlant de la biologie : «Nous avons à attendre d'elle les éclaircissements les plus surprenants et nous ne pouvons pas deviner quelles réponses elle donnerait dans quelques décennies aux questions que nous lui posons» (XV, 334).

Enfin, on sait que le dernier Freud, celui du testamentaire *Abrégé de psychanalyse* écrit en 1938 par un homme âgé de quatre-vingt-deux ans, en exil, dans la phase terminale d'un long et vieux cancer, propose *une hypothèse freudienne sur le post-freudisme* et cette hypothèse est chimique. Lisons : «Il se peut que l'avenir nous apprenne à agir directement, à l'aide de certaines substances chimiques, sur les quantités d'énergie et leur répartition dans l'appareil psychique. Peut-être découvririons-nous d'autres possibilités thérapeutiques encore insoupçonnées. Pour le moment [M.O. : 1938…] néanmoins nous ne disposons que de la technique psychanalytique, c'est pourquoi, en dépit de toutes ses limitations, il convient de ne point la mépriser » (51).

Les freudiens, tout à la vénération de leur héros statufié, ne veulent pas entendre qu'au moment testamentaire Freud affirme : « […] avouons-le, notre victoire n'est pas certaine, mais nous savons du moins, en général, pourquoi nous n'avons pas gagné. Quiconque ne veut considérer nos recherches que sous l'angle de la thérapeutique nous méprisera peut-être après un tel aveu et se détournera de nous. En ce qui nous concerne, la thérapeutique ne nous intéresse ici que dans la mesure où elle se sert de méthodes psychologiques, et pour le moment elle n'en a pas d'autres » (*ibid.*).

Concluons.

1. *Première leçon*, issue du texte freudien lui-même : la biologie fait la loi, le psychique est secondaire.

2. *Deuxième leçon* : la psychanalyse n'obtient pas les résultats thérapeutiques concrets annoncés sous le signe militant de l'optimisme affabulateur des *Cinq psychanalyses…*

3. *Troisième leçon* : la recherche théorique prime l'efficacité clinique – pour Freud, on peut le comprendre, mais pour les patients allongés sur un divan ?

4. *Quatrième leçon* : la psychanalyse sera dépassée, probablement par la chimie. Cette dernière information montre bien que, débarrassé de son obsession de

devenir riche et célèbre, important et reconnu, Freud, désormais un vieillard malade face à la mort qui installe devant la vérité de soi, consent *enfin* à l'inscription de son travail dans l'histoire – une ultime information étrangement occultée par ses thuriféraires…

# Un monde virtuel…

*Où l'on apprend que Freud a beaucoup voyagé dans sa chambre…*

## 1

**Une maison d'écrivain.** Comme Xavier de Maistre en son temps, tout donne l'impression que Freud a *surtout* voyagé dans sa chambre et n'a pas eu plus de souci du monde réel qu'un enfant dans sa salle de jeu. Le monde, pour Freud, se résume au 19, Berggasse, adresse célèbre du quartier chic de Vienne… J'ai effectué en son temps le *pèlerinage* à l'appartement du docteur philosophe – de même avec la maison de l'exil londonien. Les images de cet endroit ont fait le tour du monde grâce au travail photographique d'Edmund Engelman.

Depuis, chacun connaît le cabinet, le divan, le siège de l'analyste, sa table de travail, sa collection d'objets antiques sur son bureau ou dans des vitrines, les murs saturés de gravures, de peintures, de reproductions d'œuvres d'art, ou bien ornés de diplômes et de distinctions honorifiques. On n'ignore pas non plus l'immense bibliothèque qui tapisse les murs et amortit la rumeur du monde extérieur. Cette pièce remplie d'objets disparaît sous les signes, les symboles, les analogon d'un imaginaire fantasque. Dans cet endroit, les livres forment un capiton moelleux qui transforme l'endroit chauffé par un poêle en une confortable caverne amniotique protégée du monde…

Tout amateur de *psychopathologie de la vie quotidienne* s'intéressera évidemment à ce que Freud accro-
chait aux murs de cet endroit dans lequel il passait dix
heures par jour : au-dessus du divan, une reproduc-
tion du temple de Ramsès II, le grand pharaon
conquérant et guerrier que la tradition présentait
comme l'opposant à Moïse ; une photo de son ami
Fleischl-Marxow, tué par Freud à cause d'une erreur
de prescription dissimulée par la suite ; une réplique
de la peinture d'Ingres *Œdipe et le Sphinx*, une
énigme que Freud s'enorgueillissait d'avoir résolue ; le
moulage de la *Gradiva* de Jensen à laquelle il a
consacré une analyse. Derrière le divan : deux fresques
de Pompéi contenant des figures ithyphalliques, un
papyrus égyptien avec des divinités des Enfers, quatre
dessins de Wilhelm Busch, un humoriste qui représente un poisson crachant sur une mouche, un rhino-
céros devant un Africain, un âne regardant un peintre,
un poussin au sortir de l'œuf. Dans l'angle, une tête
de Romain en marbre sur un piédestal. De chaque
côté du buste, un sphinx, une déesse ailée avec un
échassier, des feuilles, un Silène, un lion attaquant un
tigre.

On connaît moins la salle d'attente avec son canapé,
des chaises et une table. Et l'on ignore souvent que ce
lieu fut celui de l'intellectuel collectif à l'origine de
cette nouvelle discipline devenue comme par enchantement *la* seule discipline de Freud. C'est en effet dans
ce tout petit endroit que se réunissaient les habitués
de la Société psychologique du mercredi – dont Jung,
Adler, Rank, Jones, Abraham, Reich… Elle accueillit

également la Société psychanalytique de Vienne jusqu'en 1910.

Les autres pièces sont meublées dans le plus pur style bourgeois avec abondance de tapis orientaux qui se chevauchent. On y trouvait des objets personnels, mais également, comme dans toute famille, des photos d'enfants ou de petits-enfants dans des cadres, des bibelots en cristal, des chinoiseries, une photo dédicacée d'Albert Einstein que, pourtant, Freud ne portait pas dans son cœur.

L'endroit devint «Maison Freud» en 1953 quand la Fédération mondiale pour la santé mentale décida d'apposer sur la façade de l'immeuble une plaque avec cette inscription : «Le Professeur Sigmund Freud, créateur et fondateur de la psychanalyse, vécut et travailla dans cette maison de 1891 à 1938.» À cette époque, elle était habitée par un particulier. En novembre 1969, une «Association Sigmund Freud» a été créée pour consacrer l'appartement à la mémoire et au culte de son occupant célèbre.

Freud y a donc vécu quarante-sept ans, la plupart du temps dans son cabinet… De trente-cinq ans (septembre 1891) à quatre-vingt-deux (juin 1938), il y aura donc écrit le mot «psychanalyse» pour la première fois en 1896, reçu ses amis pour donner un contenu susceptible d'être placé sous ce signifiant, rédigé son opus majeur à ses yeux, *L'Interprétation du rêve*, puis ses autres nombreux ouvrages, reçu ses patients, dont les plus célèbres, l'Homme aux loups, l'Homme aux rats, Dora, le Petit Hans, écrit des milliers de lettres destinées à des correspondants du monde entier.

De manière privée, il y aura : endossé le rôle du mari, de l'époux, du père et de l'amant de sa belle-sœur vivant sous son toit ; rêvé beaucoup ; appris la mort de son père, de sa mère, de sa fille, de son petit-fils ; vu naître ses trois derniers enfants ; découvert son cancer de la mâchoire ; subi un traitement quotidien extrêmement lourd avec appareillage douloureux qui supposait un cabinet médical personnel dans la maison ; vécu la convalescence d'une trentaine d'opérations ; fumé une vingtaine de cigares par jour pendant tout ce temps-là – soit plus de trois cent mille ; subi les menaces nazies, préparé son exil...

## 2

**Un contemporain des morts.** Il range dans ses vitrines une formidable collection d'objets antiques. Certains trônent sur des tables, ou devant lui, sur son bureau. Freud a plus vécu en familier des pharaons incestueux, des déesses et des dieux ithyphalliques de la mythologie grecque, des créateurs impitoyables d'empires romains, de figurines prélevées dans des tombes égyptiennes, que de la vérité historique et concrète de la vie singulière des individus allongés sur son divan transformé en cella d'un temple païen où Freud officie en demi-dieu d'un culte créé par ses soins.

Parfois, pour expliquer le fonctionnement de son inconscient à un patient, Freud se lève, prélève un objet de sa collection et lui démontre pourquoi, comment, de quelle manière il souffre. Le souci de Freud semble moins de chercher des explications subjectives à une psychopathologie concrète que d'y projeter ses soucis, ses envies, ses passions, ses centres d'intérêt – en l'occurrence son obsession nourrie de la mythologie grecque et romaine. Freud vit plus avec les vers d'Homère, les légendes d'Hésiode, les tragédies de Sophocle qu'avec la misère concrète de ses contemporains.

Ainsi, quand il analyse le rêve d'un jeune garçon de quatorze ans souffrant de symptômes hystériques (*L'Interprétation du rêve*, IV, 674), Freud se saisit du matériau du rêve – un oncle, un damier, un poignard, une faucille, un paysan avec sa faux, une maison familiale... – et livre son interprétation : « Une réminiscence tirée de la mythologie a donné le matériel. La faucille est celle avec laquelle Zeus émascula son père, la faux est l'image du paysan dépeignant Cronos, ce vieillard violent qui dévore ses enfants et dont Zeus tire vengeance d'une manière qui n'est guère celle d'un enfant » (IV, 674) – etc.

Que signifie cette « réminiscence » sinon que Freud croit les fictions de la mythologie plus vraies que la trivialité de la réalité ? De la même manière qu'il croit à un inconscient immatériel transmis phylogénétiquement qui échappe à toute raison raisonnable et raisonnante, et à tout bon sens biologique, il croit également que la mythologie habite chacun sur le même principe phylogénétique. Ainsi, cet adolescent peut bien n'avoir jamais lu l'*Odyssée*, la *Théogonie*, *Œdipe-Roi* ou n'importe quel autre texte rapportant la mythologie grecque susceptible d'expliquer son rêve, il n'en demeure pas moins qu'il est structuré par ces légendes ! Le sujet est construit par un récit mythologique qu'il ignore mais que Freud, lui, comme par hasard, connaît très bien…

Freud est un contemporain des morts plus que des vivants, un familier des tombes qui vit dans son cabinet avec du matériau funéraire rapporté des chambres mortuaires de pharaons et qui extrapole à partir du monde des défunts des leçons pour expliquer la vie des vivants. Quand il effectue ses sorties dans Vienne après déjeuner, il se rend chez des antiquaires pour acheter des pièces anciennes. Il augmente sa collection dès qu'il le peut. Les honoraires d'une heure de consultation par jour finit dans la poche du marchand d'objets anciens. Parfois, il ramène une pièce qu'il installe à table, lors du repas, comme s'il s'agissait d'un hôte convié à sa table.

La gouvernante de la maison, Paula Fichtl, rapporte dans ses souvenirs que, le matin, chaque fois qu'il entrait dans son cabinet, son employeur saluait un sage chinois placé sur son bureau à côté d'une statuette égyptienne d'Imhotep tenant un rouleau de papyrus sur ses genoux. Les Grecs identifiaient cette divinité à Asclépios, dieu du savoir et de la médecine – autrement dit : un dieu guérisseur. Dévotions superstitieuses du docteur viennois !

La collection comporte également la moitié d'un couvercle de sarcophage – autrement dit, un fragment de cercueil... Freud avait très envie de cette pièce, il a, pour l'obtenir, proposé à son marchand une grosse somme d'argent, plus quelques objets en échange à choisir dans sa collection. Freud a ouvert un tiroir rempli de miroirs étrusques. Leur quantité a stupéfié l'antiquaire. Il en a prélevé quelques-uns qui se trouvaient sur le dessus, sans même prendre le temps de regarder l'ensemble.

Freud vivait donc dans un musée, entouré d'œuvres d'art, certes, mais également dans un tombeau, un sarcophage, une tombe, une chambre funéraire, en compagnie des défunts et des objets de rites mortuaires, inspiré par eux, nourri par les morts plus que par les vivants, travaillant, écrivant, pensant, écoutant dans cette ambiance saturée de pompe funèbre parfumée par l'encens païen de sa fumée de cigare...

Enfin, même mort, Freud persiste dans ce tropisme antiquaire : ses cendres reposent en effet dans un cratère en provenance de la Grande Grèce transformé en urne funéraire, un cadeau offert par Marie Bonaparte. Dans ce vase hellénique se mêlent les cendres de Sigmund Freud et de sa femme Martha... Il se trouve aujourd'hui au cimetière de Golders Green de Londres. Dans l'Antiquité, il arrivait que ce genre d'objet serve également de réceptacle aux cendres humaines. Freud pourrait donc se trouver aujourd'hui dans l'urne funéraire d'un autre. Si j'étais freudien...

3

**La bonne mémoire d'un cryptomnésique.** Dans une lettre à Stefan Zweig datée du 17 février 1931, Freud écrit : « J'ai fait beaucoup de sacrifices pour ma collection d'antiquités grecques, romaines et égyptiennes, et [...] en fin de compte j'ai lu plus d'archéologie que de psychologie. » Faut-il le croire ? Qu'il ait beaucoup lu de livres d'histoire et d'art, de littérature, de théâtre antique, et passé beaucoup de temps en compagnie des auteurs de cette période, tragédiens, annalistes, historiens et philosophes, voilà qui ne fait aucun doute. Qu'il ait lu moins de psychologie, cela reste à prouver, car pareille affirmation entre dans sa stratégie légendaire de découvreur solitaire d'un nouveau continent jamais foulé avant lui...

Freud mobilise le concept de *cryptomnésie* pour justifier l'utilisation d'un concept emprunté à autrui sans citer sa source : l'inconscient jouerait ce vilain tour consistant à dissimuler au sujet conscient qu'il s'approprie une idée ne lui appartenant pas sans rendre hommage à son auteur... Dès lors, avoir si peu lu de psychologie dispense d'avouer des influences, des précurseurs, voire d'éventuels maîtres ! Mais ce déni de sources constitue une variation sur le thème du déni de l'histoire :

1. La légende veut que Freud découvre que les névroses procèdent de traumatismes refoulés dans l'inconscient et que leur conscientisation entraîne

l'abréaction thérapeutique – mais cette idée existe déjà chez *Breuer* et *Janet*, on l'a vu.

2. La légende dit que Freud découvre l'existence de l'inconscient – si l'on écarte les précédents philosophiques de Schopenhauer, Nietzsche ou Hartmann. Cette assertion néglige aussi que *Theodor Lipps* développe cette thèse dès 1897, bien avant la première topique du docteur viennois, dans un congrès de psychologie – son intervention avait alors pour titre « Le concept d'Inconscient en psychologie ».

3. La légende prétend que Freud critique la morale sexuelle de notre civilisation et montre que son caractère répressif produit des pathologies – mais un professeur de philosophie pragois, *Christian von Ehrenfels*, défendait déjà cette thèse avant lui.

4. La légende affirme que Freud dévoile en 1904 la signification des lapsus dans *Psychopathologie de la vie quotidienne* – une information désagréable pour *Meringer* et *Meyer* qui ont publié un ouvrage sur ce sujet dès 1895.

5. La légende soutient que Freud invente la psychothérapie – que faire, dès lors, du livre de *Leopold Löwenfeld* intitulé *Leçons de psychothérapie générale*, édité en 1897, proposant une (longue) histoire de la thérapie par la parole ?

6. La légende enseigne que Freud a aboli la frontière entre le normal et le pathologique en précisant qu'il n'y avait pas une différence de nature mais une différence de degrés entre les anormaux et les normaux –

or cette idée se trouve déjà chez *Paul Julius Möbius* en 1905.

D'Henri Ellenberger à Jacques Van Rillaer en passant par Frank Sulloway ou Mikkel Borch-Jacobsen, les historiens de la psychanalyse montrent depuis des années avec une érudition confondante combien la pensée de Freud s'abreuve grandement aux sources de la science de son temps. Comment d'ailleurs aurait-il pu en être autrement ? Dès lors, Freud oublie de mentionner, signale en passant, nomme sans plus de précision, puis emprunte à l'histoire de son époque pour fabriquer une « science » présentée comme une découverte de conquistador, *sa découverte...*

Pour Freud, la bibliothèque vaut plus et mieux que le monde. Elle dispense de la clinique, de l'empirisme, de la patience de l'observation, de l'examen de cas particuliers. Elle évite les erreurs, les tâtonnements, les hypothèses nouvelles, le découragement du chercheur qui ne trouve pas ou expérimente l'impasse épistémologique. Elle permet au conquistador d'avancer plus rapidement dans sa conquête d'un *nouveau monde* – puisqu'il élargit les sentes étroites déjà taillées par des anonymes que Freud précipite dans un destin obscur.

La bibliothèque surpasse tous les divans du monde. Elle permet d'avoir sur son bureau, avec un simple article, la quintessence des observations cliniques des chercheurs modestes et patients, loyaux et droits, qui, au contraire de Freud, manquent de culot, d'ambition, de cynisme, d'immoralité et croient, les pauvres !, qu'en matière scientifique, on ne saurait forcer le destin par l'affabulation – voilà pourquoi on ignore aujour-d'hui leurs noms alors que la plupart connaissent celui de Sigmund Freud…

# 4

## … Ou un monde réel ?

*Où l'on apprend qu'il y a un monde
en dehors du 19, Berggasse…*

**Le nominalisme de l'histoire.** Freud n'allonge pas de corps sur son divan, mais des âmes immatérielles. Il ne reçoit pas des patients avec une histoire personnelle, subjective, singulière (un homme ou une femme, un jeune ou un vieux, un riche ou un pauvre, une personne raffinée ou un être inculte, un habitant des quartiers chics ou le prolétaire d'une banlieue ouvrière, un chrétien ou un juif, un Viennois ou un Parisien, etc.), mais une accessoire enveloppe charnelle porteuse d'un inconscient moins travaillé par son histoire personnelle, encore moins par l'histoire de son temps, que par la phylogenèse, la longue durée immémoriale enracinée dans la préhistoire de l'être et de l'humanité. Freud pense en contemporain de Ramsès II plus que du chancelier Dollfuss dont il soutient la politique austro-fasciste, de Lucy plus que d'Yvette Guilbert, une chanteuse à succès pour laquelle il manifestait une dilection toute particulière…

Une psychanalyse non freudienne a *le souci du présent concret* de l'être et de son inscription particulière dans *l'histoire de son temps*, plus que de son hypothétique héritage phylogénétique susceptible d'en faire un contemporain, malgré lui, du meurtre du père de la horde primitive, du banquet cannibale ayant suivi,

ou, à son corps défendant, un héritier du péché originel que constituerait la fiction d'une scène primitive
au cours de laquelle il aurait découvert son père forni-
quant avec sa mère…

Car il existe un monde en dehors de celui, purement
cérébral, mental et conceptuel, pour tout dire *intellectuel*, de Sigmund Freud. Un monde qui commence au-
delà de la porte de son cabinet : un monde de travailleurs, d'employés, d'ouvriers, de chômeurs, de
miséreux *et* un monde de princesses, de baronnes, de
comtesses ; un monde de pauvres *et* un monde d'aristocrates ; un monde de gens simples et modestes *et* un
monde d'artistes, de poètes, de musiciens ; un monde
d'ouvrières exploitées, de femmes maltraitées par leurs
maris, un monde de mères de famille tétanisées par le
risque de grossesses à répétition *et* un monde de…
femmes du monde, de bas-bleus et de sang bleu…

Les *Cinq psychanalyses* passent pour les cinq évan-
giles (au sens : l'annonce de la bonne nouvelle
sotériologique…) de la discipline freudienne. *Quid*,
sociologiquement, de ces cinq patients ?

1. « Dora », Ida Bauer ? La jeune fille d'un *homme
d'affaires*.

2. « Le Petit Hans », Herbert Graf ? L'enfant d'un
*musicologue* et d'une *comédienne*, un couple d'amis
et de disciples de Freud en personne, un individu qui
deviendra *directeur d'opéra* et *metteur en scène*.

3. « L'Homme aux rats », Ernst Lanzer ? Un *juriste*
brillant.

4. « Le Président Schreber » ? Un *juriste* renommé,
*président de la cour d'appel*, candidat malheureux aux

élections, un homme que Freud n'a pas même rencontré, se contentant, fidèle à sa méthode, de travailler dans sa bibliothèque sur un livre de mémoires.

5. « L'Homme aux loups », Sergueï Pankejeff ? Un *riche aristocrate* russe oisif qui vit luxueusement avec domestiques et grand train de vie.

Il est vrai qu'à 415 euros 2010 la séance et avec la prescription faite dans *Le Début du traitement* (1913) d'une séance quotidienne, sauf jours fériés, la psychanalyse se trouve *de facto* réservée au public choisi de la bourgeoisie ou de l'aristocratie fortunée. L'inscription dans le corpus doctrinal de l'impossibilité de prendre sur le divan des gens dépourvus des moyens de payer (sous prétexte que leur indigence matérielle empêcherait la guérison…), réserve sociologiquement la psychanalyse à une élite fortunée.

Aujourd'hui encore, elle concerne moins l'ouvrier ou l'employé, le sans-papiers ou le chômeur en fin de droits bénéficiaire du Revenu de solidarité active (RSA) que l'avocat, l'acteur, le juriste, l'écrivain, l'intellectuel, le banquier ou son épouse, la femme d'affaires, la comédienne – ou le journaliste, ce qui peut expliquer la vindicte de cette corporation à l'endroit de quiconque enseigne que le roi psychanalyste est nu… Les enfants n'aiment pas qu'on casse leurs jouets.

*(Post-scriptum : Gérard Miller a réalisé un film édité en « DVD à tirage limité » intitulé* La Première Séance, *dans lequel il fait témoigner des patients dont on signale la profession. Les voici dans l'ordre d'apparition à l'écran : « marketeur » (!), intendant de lycée,*

inspecteur du Trésor, acteurs bien connus, chargée de production, chanteuse accessoirement épouse de président de la République, humoriste médiatique, éducateur spécialisé, professeur des écoles, écrivains ayant pignon sur rue, comédiens de renom, chargée de communication, journaliste célèbre, responsable administratif. On y parle d'argent, certes, mais, pudiquement, aucune somme n'est donnée…).

2

**L'ontogenèse contre la phylogenèse.** La psychanalyse non freudienne sera nominaliste. Autrement dit : elle ne théorisera pas un inconscient idéal et idéel, nouménal et immatériel, mais un inconscient matériel et atomique, corporel et historique. Histoire générale, bien sûr, histoire particulière, évidemment. Non pas le produit phylogénétique d'une évolution psychique plurimillénaire, mais une résultante ontogénétique particulière. Disons-le autrement : un inconscient matériel inscrit dans une configuration personnelle et générale.

Personne n'est le fils d'un Père ou d'une Mère majuscules porteurs de caractères généraux et idéels, définitifs et essentialisés, du Père ou de la Mère. Nul individu ne peut être taxé de désirer sexuellement le parent du sexe opposé tout en voulant supprimer physiquement le parent du sexe identique parce qu'il en irait ainsi selon une loi générale, universelle, vraie depuis la nuit des temps et pour toute la durée de l'humanité, dans tous les lieux, du cabinet viennois à la case bantoue, du gratte-ciel new-yorkais au galetas de Bénarès, d'un appartement de Saint-Germain-des-Prés avec vue sur le jardin du Luxembourg, au mobile home inuit... L'inconscient relève d'une histoire singulière et d'une géographie propre.

Un fils peut aimer sa mère, une fille chérir son père, une évidence d'une grande banalité en regard des leçons de l'éthologie, car n'importe quel mammifère investit affectivement les objets disponibles des premiers temps de la formation neuronale de sa psyché. On sait combien une oie cendrée sollicitée par un éthologue soucieux de produire une imprégnation, transforme le scientifique en support affectif au point que les oisillons le suivent quand il pénètre dans une mare... Le *principe ontogénétique d'imprégnation* de l'éthologue, autrement dit l'empreinte psychologique, nous informe plus sur la relation affective entre deux êtres que la phylogenèse freudienne.

L'éthologue nous apprend que l'apprentissage compte plus en matière affective pour construire un lien et structurer une psyché, qu'un prétendu inconscient psychique phylogénétique. Je trouve par ailleurs très étonnant que les freudiens orthodoxes, tout à la vénération de leur maître, portent Darwin au pinacle, comme Freud, tout en refusant les leçons de *L'Origine des espèces*, sinon de *L'Expression des émotions chez l'homme et les animaux*, livres selon lesquels on apprend que, en tant que mammifère, l'homme accuse nombre de ressemblances avec les autres animaux, y compris sur le terrain de la psyché matérielle... Dans

*L'Homme Moïse et la religion monothéiste*, Freud ne défend-il pas l'existence d'un inconscient chez les grands mammifères ?

L'argument des freudiens en vertu de quoi les défenseurs des thérapies comportementales cognitives voudraient nous transformer en singes ne tient pas : comment vouloir ce qui est déjà ? Car nous sommes *aussi* déjà des singes ! Des singes qui parlent, capables d'écrire un livre pouvant s'appeler *Pourquoi tant de haine ?*, mais des singes tout de même et, en tant que tels, déterminés par des logiques de domination de l'espace vital ; de combats pour déterminer les mâles dominants, donc les femelles des gagnants ; de marquage réel ou symbolique des espaces réels ou symboliques ; de rituels d'appropriation et de possession des choses et des êtres ; d'agressivité en relation avec la mise en péril du territoire ; de stratégies de séduction avec leurs parades nuptiales ; du tropisme de l'empreinte donc ; de manœuvres d'imitation ; de conduites mimétiques ; de causalités stimulus-réponse ; de tactiques d'intimidation ; de programmes comportementaux ; de postures parasitaires ; de syndromes panurgiques ; de rituels d'offrandes ; d'odeurs de groupe ; de réflexes de reconnaissance ; de moues de flairage ; d'usage de leurres ; d'inhibitions sociales ; de l'immense pouvoir des hormones sexuelles ; de grattages de tête ; de harems ; de hiérarchies ; de formation de groupes ; de fidélité au site ; d'empreintes à l'hôte ; de dressages ; de respect des distances interindividuelles, sinon entre les groupes humains ; de démonstrations de prestance ; de conflits de généra-

tion ; de comportements d'après-coït ; de compéti-
tions et de mises à mort ; de migrations saisonnières ;
de castrations psychiques des mâles dominés ; d'appé-
tences ou d'aversions conditionnées ; d'arrosages
d'urine et de conchiages – et de mille autres découvertes expérimentales.

Ce monde-là a été superbement analysé par un
certain Marcel Proust... *À la recherche du temps
perdu* peut en effet se lire comme une psychologie
éthologique ! Toutes les pistes signalées ci-dessus ont
été suivies par le narrateur qui explique comment
fonctionne un groupe (le salon Verdurin), un milieu
(l'aristocratie décadente menacée par l'arrivée de la
bourgeoisie), la part prise par les hormones (celles de
Swann ou d'Odette de Crécy, du baron de Charlus ou
de Mme Verdurin), les rivalités (Guermantes contre
Verdurin), les démonstrations de prestance (les étymo-
logies de Brichot, les jeux de mots de Cottard, les
considérations de Bergotte sur Vermeer, etc.), les
migrations saisonnières (de Paris à Cabourg), les postures parasitaires (tous ou presque...), le panurgisme
(la religion de la sonate de Vinteuil), les fidélités au
site (Combray, Balbec), la femelle dominante via le
mâle dominant (Mme Verdurin devenue duchesse de
Duras, puis princesse de Guermantes), les rituels (la
sonate, le catleya), le comportement d'après-coït
(Swann et Odette), les moues de flairage (l'odeur de
rhino-goménol de Mme Verdurin), le respect des distances entre les êtres et les groupes (la cuisinière
Françoise avec ses employeurs mais aussi avec les

autres domestiques), les mimiques (le visage changeant d'Albertine), etc.

Leçon proustienne : la psyché est en situation, dans un lieu, un monde, un espace, un volume social, un temps, une époque, une histoire familiale subie et une histoire personnelle choisie, une géographie imposée, puis acceptée, donc voulue. L'éthologie rapporte que, vérité darwinienne indépassable, nous sommes toujours des animaux : animaux sociaux, animaux qui s'habillent, certes, animaux qui mentent, bien sûr, animaux qui prient, évidemment, animaux qui tuent pour le plaisir, ce que ne font pas les autres animaux, mais animaux tout de même. L'inconscient nominaliste de chacun est un inconscient de mammifère.

### 3

**En situation dans le monde.** Le freudo-marxisme a très tôt compris combien Freud se dirigeait vers une impasse. Sa lecture anti-historique de la psyché, son refus d'inscrire l'âme matérielle dans la logique de conditions historiques, le condamnaient à un kantisme dans lequel, enfermé dans son cabinet, il se trouvait contraint à refaire le monde à sa main, en évacuant la totalité de ce qui n'obéissait pas à son délire poétique. La fréquentation d'un environnement acquis à sa cause, la totale ignorance d'une vie qui ne soit ni celle d'un bourgeois, ni celle d'un riche aristocrate, voilà qui le séparait durablement du réel, semblable en cela à la plupart des philosophes emmurés dans leur tour d'ivoire. Comme Thalès qui, regardant le ciel, ne voit pas le puits dans lequel il tombe en s'attirant le rire de la servante thrace, Freud contemple son inconscient phylogénétique dans le ciel nouménal des idées pures et, lui aussi, chute dans le trou de l'histoire.

Freud essentialise le monde, il le pense en platonicien, en kantien. De même, il essentialise l'homme et la femme, le père et la mère, l'homosexuel et l'onaniste, la relation sexuelle et la psychopathologie. Wilhelm Reich, premier freudo-marxiste en date, s'inscrit en faux contre cette essentialisation. Quand il publie *La Fonction de l'orgasme* en 1927, l'ouvrage est dédié à Freud alors présenté comme son « maître ». L'augmentation de l'édition avec « L'origine sociale du refoulement », puis « L'irrationnel fasciste », creuse le fossé, car Freud ne laisse aucune place au *social*.

J'ai déjà signalé que le docteur viennois considère que l'impossibilité de payer à l'analyste le prix demandé empêche la guérison. Ajoutons à cela qu'à plusieurs reprises, parlant du « bénéfice de la maladie », Freud prend toujours l'exemple de l'ouvrier ayant plus à gagner de la charité que d'une guérison par le divan… Une analyse gratuite ? Impensable, impossible… Pour des raisons doctrinales, certes, mais qui viennent au secours de raisons plus triviales : Freud veut l'argent, les richesses, les honneurs, la réputation. Or, comment obtenir ce genre de biens en soignant les gens sans argent ?

Reich, pour sa part, soigne les pauvres – gratuitement, dans des dispensaires. Le congrès de Budapest en 1918 abordait la question du dispensaire gratuit. Freud n'est pas contre, certes, mais pour les autres psychanalystes… Pour sa part, il défend intellectuellement et idéologiquement, mais aussi philosophiquement, le cabinet en ville et la clientèle privée. *Freudisme de droite* contre *psychanalyse de gauche* – l'alternative reste d'actualité, mais aujourd'hui le freudisme de droite (vêtu des habits d'une gauche de parade…) tient sociologiquement le haut du pavé…

Une psychanalyse post-freudienne récuse les thèses de Freud sur : la liaison de causalité entre la somme d'argent versée et l'efficacité du traitement ; la doctrine, fausse elle aussi, du bénéfice de la maladie, qui condamne les pauvres à demeurer malades par incapacité ontologique d'accéder au soin, la pauvreté fonctionnant comme une essence ; le cantonnement du pauvre dans le dispensaire gratuit où la guérison s'avère impossible et le soin des riches dans un cabinet payant qui conduit *de facto* à la guérison – Freud en fait un point de doctrine.

Les sceptiques liront, dans *Le Début du traitement* : « Pratiquer un traitement à bas prix ne contribue guère à faire avancer ce dernier. » Puis plus loin : « Un traitement gratuit provoque une énorme augmentation des résistances. » Ou bien encore : « Le névrosé pauvre ne peut que très difficilement se débarrasser de sa névrose. Ne lui rend-elle pas, en effet, dans la lutte pour la vie, de signalés services ? Le produit secondaire qu'il en tire est très considérable. La pitié que les hommes refusaient à sa misère matérielle, il la revendique maintenant au nom de sa névrose et se libère de l'obligation de lutter, par le travail, contre sa pauvreté.»

Ajoutons cette phrase des «Voies nouvelles de la thérapeutique psychanalytique» (la conférence faite à Budapest au Vᵉ Congrès en 1918) : «Les nécessités de l'existence nous obligent à nous en tenir aux classes sociales aisées, aux personnes habituées à choisir à leur gré leur médecin.» Et ceci : «Les pauvres sont, moins encore que les riches, disposés à renoncer à leurs névroses parce que la dure existence qui les attend ne les attire guère et que leur maladie leur confère un droit de plus à une aide sociale.» Faut-il d'autres citations pour montrer l'ancrage du freudisme dans une métaphysique de droite ?

4

**Clinique effective, clinique de papier.** La psychanalyse non freudienne est contemporaine de Freud : *avec Reich*, avant même la dédicace élogieuse de *Pourquoi la guerre ?* de Freud au Duce, avant le compagnonnage de l'auteur des *Trois essais sur la théorie sexuelle* avec Felix Boehm, l'envoyé de l'Institut Göring, pour que la psychanalyse puisse continuer à exister sous régime national-socialiste, avant le soutien du même Freud à l'austro-fascisme de Dollfuss, avant qu'Anna Freud et son père fomentent l'exclusion du bolchevik Reich en plein régime nazi. Car Wilhelm Reich a compris que Freud et sa discipline incarnent l'une des modalités de la psychanalyse, certes, mais pas toute la psychanalyse… De sorte qu'il existe une psychanalyse *avant Freud*, on l'a vu avec Breuer ou Janet ; une psychanalyse *pendant Freud*, ainsi avec Reich, sinon Adler et Jung, Rank et Ferenczi ; et une autre, *après Freud*, bien sûr…

Docteur en médecine dès 1922, Reich travaille à la polyclinique psychanalytique de Vienne lors de son ouverture cette même année. Il y officiera jusqu'en 1930. Lors de cette *clinique effective* (au contraire de Freud qui plaquait ses fantasmes, sollicitait sa phylogenèse et mobilisait sa bibliothèque pour le plus grand bénéfice de sa *clinique de papier*), Reich découvre : que la conscientisation d'un refoulement ne libère pas automatiquement des symptômes ; que la méthode d'association libre débouche parfois sur d'interminables tunnels de silence à cause de la résistance ; et qu'une psychothérapie freudienne, parce qu'elle méprise les conditions d'existence concrète du patient, débouche la plupart du temps sur l'insuccès.

Reich affirme qu'une sexualité épanouie génère bien plus sûrement la disparition des symptômes en entraînant la guérison. La libération sexuelle : voilà la solution pour en finir avec les névroses. Dès lors, il milite concrètement en s'inscrivant au Secours rouge du Parti communiste autrichien. À l'été 1928, il achète un camion avec lequel, accompagné d'un pédiatre et d'un gynécologue, il sillonne la banlieue de Vienne et ses faubourgs pour informer sur la contraception et distribuer des préservatifs. L'année suivante, il ouvre des centres d'information sexuelle pour les ouvriers et les employés, il attaque la famille, transformée en premier moment de la répression sexuelle productrice de névroses. Reich croit à la prévention des névroses par la libération du sexe plus qu'à leur hypothétique soin sur le divan freudien.

Reich écrit *Tension et Satisfaction sexuelle*, suivi de *Réponses aux questions d'ordre sexuel* – connu en France sous le titre *La Lutte sexuelle des jeunes*. Il y aborde les questions de masturbation, d'homosexualité, de contraception, d'acte sexuel, d'éjaculation précoce, de frigidité, des maladies vénériennes et de leur prévention ; il critique la répression sexuelle qui s'abat sur les jeunes et les femmes dans la société capitaliste ; il politise le problème sexuel et appelle à la révolution socialiste ; il montre combien la famille classique, monogame, patriarcale, l'école, l'Église et le pape, participent grandement à cette entreprise de répression sexuelle. À l'époque, sur sa plaque professionnelle, on peut lire :

*Médecin spécialiste en psychothérapie*
*Dr Wilhelm Reich*
*Assistant de la polyclinique psychanalytique de Vienne*
*Directeur du département de conseil sexuel*
*pour les ouvriers et les employés*

## 5

**Freud avec les nazis contre Reich.** En 1931, Reich crée une Association pour une politique sexuelle prolétarienne connue sous le nom de Sexpol. Elle fédère environ quatre-vingts organisations de politiques sexuelles et regroupe dans une même structure trois cent cinquante mille membres. Reich y tient un discours assimilable à notre Planning familial : favoriser l'accès aux contraceptifs ; abolir les lois qui interdisent l'avortement ; aider à l'IVG ; promouvoir des aides financières et médicales aux femmes pendant la grossesse et l'allaitement ; supprimer les distinctions entre mariés et célibataires ; bannir l'usage du mot « adultère » ; banaliser le divorce ; éradiquer la prostitution par l'éducation ; éduquer à l'hygiène sexuelle ; mettre sur pied un programme politique proposant l'épanouissement de la vie sexuelle, mais également économique ; diffuser l'éducation sexuelle auprès des jeunes, puis de tous les publics ; ouvrir des centres de soins gratuits ; former des éducateurs, des médecins, des pédagogues, des travailleurs sociaux dans les domaines de l'hygiène sexuelle ; remplacer la répression policière et judiciaire des crimes sexuels par un authentique travail de prévention des causes de cette délinquance ; protéger les enfants et les adolescents des avances sexuelles des adultes.

La même année, à Düsseldorf, le premier congrès réunit vingt mille représentants. Quelques mois plus tard, Sexpol rassemble près de quarante mille membres. À chacun de ses meetings, Reich se retrouve devant deux à trois mille auditeurs. Il y investit de l'argent personnel, utilise sa voiture pour transporter le matériel, participe aux rassemblements de chômeurs, milite dans des organisations antinazies. En 1932, il crée une maison d'édition et imprime à ses frais des brochures diffusées gratuitement par ses soins. Au contraire de Freud, Reich ne tourne pas le dos à l'histoire, il évolue *dans l'histoire*...

On comprend combien cette position contredit radicalement la théorie pessimiste de Freud pour qui : la civilisation se crée, se nourrit, dure et perdure avec le renoncement de chacun à l'exercice libre de sa sexualité ; la libération sexuelle est inimaginable, impensable et de toute façon insouhaitable. Sur la question de la relation entre sexualité et névrose, libération de la libido et disparition des pathologies, Freud triomphe en conservateur, voire en réactionnaire ; *Reich en révolutionnaire*... Pour vivre malgré la pression de la société sur la sexualité, le premier propose une discrète « infidélité conjugale » (VIII, 211) pour ceux qui le peuvent (voir *La Morale sexuelle « culturelle » et la nervosité moderne*) et le divan comme horizon libérateur ; le second, une révolution politique – *à gauche*. Je souscris à cette hypothèse politique constitutive d'une psychanalyse non freudienne.

Pour sa part, pendant que Reich milite à gauche pour promouvoir la libération sexuelle et lutter concrètement contre le nazisme, Freud envoie Max Eitingon négocier avec l'émissaire de l'Institut Göring, Felix Boehm, pour que la psychanalyse puisse continuer à

exister sous le régime national-socialiste ! *La* psychanalyse ? Plutôt : *sa* psychanalyse… Car Freud manifeste
moins une prévention de principe contre le fascisme de
Mussolini ou celui de Dollfuss, sinon le nazisme, que
contre le bolchevisme (abondamment critiqué dans
*Malaise dans la civilisation* et *L'Avenir d'une illusion*) :
le marxisme de Reich l'insupporte, son militantisme en
faveur des pauvres, des chômeurs, des ouvriers, des
employés, son bénévolat, tout cela le conduit à fomen-
ter son exclusion des instances psychanalytiques vien-
noises et internationales.

De plus, dans *Le Caractère masochiste* (1932) Reich
critique la conception freudienne d'une pulsion de
mort biologiquement inscrite dans les cellules et mysté-
rieusement puissante comme une force naturelle – un
« principe de nirvana » en vertu duquel le vivant ten-
drait à l'état d'avant le vivant, autrement dit au néant.
La vie voudrait donc naturellement la mort. Reich met
la pulsion de mort en relation avec les conditions de vie
économiques des individus. Il oppose donc sa *lecture
sociologique et politique* à la *lecture métapsychique et
phylogénétique* de Freud.

La Société psychanalytique de Vienne met Reich en
demeure de ne plus s'exprimer dans des assemblées de
gauche. L'auteur de *La Révolution sexuelle* refuse et
demande qu'on lui signifie cette interdiction par écrit.
Les freudiens n'enverront aucune lettre. Anna Freud
confie à Ernest Jones le 27 avril 1933 que son père
souhaite l'éviction de Reich de l'association. Sigmund
Freud lui-même écrit le 17 avril 1933 (Hitler est au
pouvoir…) à l'émissaire nazi du futur Institut Göring,

Felix Boehm, alors à la tête de la Société psychanalytique allemande : « Débarrassez-moi de Reich ! » Un vœu satisfait par les nazis en 1934…

Avec Wilhelm Reich, le *freudo-marxisme* voit le jour de cette manière : cette association de mots et d'idées annihile le pire du freudisme, son anhistorisme, et le pire du marxisme, son totalitarisme, au profit d'un inconscient inscrit dans l'histoire et d'une révolution libertaire dont l'économie ne constitue pas le fin mot. D'une part l'histoire concrète de la psyché matérielle du sujet ; d'autre part l'histoire concrète de l'époque. Reich propose pour ce faire l'*analyse caractérielle*, un premier temps dans un mouvement qui, avec l'*analyse existentielle* de Binswanger, la *psychanalyse concrète* de Politzer et la *psychanalyse existentielle* de Sartre, balise un chemin pour sortir du freudisme engoncé dans son monde nouménal. Un chemin au bout duquel se trouve aujourd'hui notre proposition de *psychanalyse non freudienne*.

# 5

## Une pensée magique…

*Où l'on apprend que Freud ne répugne pas
à l'occultisme…*

**Un certain goût pour l'irrationnel.** Une carte postale largement diffusée par les sectateurs du docteur viennois fait de Freud un penseur des Lumières, un digne héritier du rationalisme qui avait fait les beaux jours du XVIIIᵉ siècle. Un genre de Kant pour le rationalisme, de Diderot pour l'athéisme, de D'Holbach pour le matérialisme, de Voltaire pour l'anticléricalisme… La légende ressasse ces lieux communs *ad nauseam* de sorte que ces mensonges mille fois réitérés sont devenus vérités encyclopédiques planétaires.

C'est mal connaître l'œuvre complète du personnage, dans laquelle on découvre à longueur de pages : des considérations irrationnelles sinon déraisonnables très peu kantiennes sur la transmission phylogénétique des scènes primitives, l'existence d'un inconscient immatériel, les pleins pouvoirs donnés au symbolisme, la porte ouverte à tous les délires, le tropisme pour la pensée magique, etc. ; une envie mosaïque très puissante de créer une religion, le freudisme, susceptible de s'inscrire dans « l'esprit du nouveau judaïsme » (XI, 195) – voir l'avant-propos à l'édition en hébreu de *Totem et Tabou* ; un plaidoyer constant pour l'immatérialité du psychisme ; un certain goût pour la cléricature quand elle concerne sa discipline, construite dès les premiers jours comme une secte, puis pensée très vite sur le principe d'une religion…

Freud a rédigé deux textes intitulés *Psychanalyse et Télépathie* (écrit en 1921, publié en 1941) et *Rêve et Télépathie* (1922). On y découvre un personnage soucieux de ne pas être assimilé à l'occultisme (ce qui produisait la propagation de la légende, construite par ses soins, de la psychanalyse comme « science »…), mais très en phase avec ce monde parallèle. Dans le second texte, Freud écrit d'une part : on ne saura pas « si je crois ou non à l'existence d'une télépathie » (XVI, 121) et, d'autre part : que la télépathie est favorisée par l'état de sommeil ! Comment affirmer l'existence d'un phénomène tout en disant qu'on ne fera pas savoir si l'on y croit ou pas ? D'autant que, dans le premier texte, il parle clairement de « faits occultes » (XVI, 101). Des *faits* et non des hypothèses de travail… Freud, une pensée des Lumières ?

Une lettre à Eduardo Weiss datée du 24 avril 1932 permet de connaître la véritable pensée de Freud sur ce sujet : il croit, c'est certain, à l'existence des « faits occultes », mais il ne souhaite pas qu'on le sache pour éviter le reproche que ses adversaires pourraient lui faire d'une psychanalyse présentée comme un épiphénomène de l'occultisme – ce qu'elle est pourtant bel et bien… Freud affirme qu'il croit à la télépathie pour y être parvenu avec sa fille. Une lettre de Freud à Karl Abraham (9 juillet 1925) entretient en effet son correspondant de la « sensibilité télépathique » d'Anna…

Pour Freud, l'occultisme présente un réel intérêt,

mais comme ses adversaires l'attendent sur ce terrain, il ne faut pas leur donner une occasion de marquer des points. Ainsi ce conseil à Weiss, l'introducteur du freudisme en Italie : « Il serait naturellement néfaste pour votre rôle de pionnier de la psychanalyse en Italie de vous déclarer en même temps partisan de l'occultisme. » Dans une autre lettre datée du 8 mai 1932 adressée au même, Freud précise : « Qu'un psychanalyste évite de prendre parti publiquement sur la question de l'occultisme est une mesure d'ordre purement pratique et temporaire uniquement, qui ne constitue nullement l'expression d'un principe. » On aura bien lu : *temporaire uniquement...*

1. *Freud croit* donc à la numérologie, il en fournit des preuves dans sa correspondance avec Fliess, mais il lui donne également droit de cité théorique et conceptuel en expliquant très sérieusement le sens de chiffres donnés par hasard dans *Psychopathologie de la vie quotidienne.*

2. *Il croit* à la télépathie – lire ou relire *Psychanalyse et Télépathie.*

3. *Il croit* à la transmission de pensée – voir la lettre à Fliess datée du 5 mai 1901 : « Je crois à la transmission de pensée. »

4. *Il croit* à la possibilité d'utiliser des signes de conjuration du mauvais sort (une petite croix en lieu et place du mot à ne pas prononcer parce qu'il porte malheur...) – se reporter à sa correspondance avec Fliess (5 novembre 1899, 8 mai 1901) ou Jung (26 avril 1904), mais également à *L'Interprétation du*

*rêve* (IV, 150) – pour éviter d'écrire le nom de sa fille Mathilde.

5. *Il croit* à « la manifestation de forces suprasensibles », la chose se trouve explicitement dite dans *Psychopathologie de la vie quotidienne*, et fait même de ces prétendues forces « des phénomènes dont l'existence a été attestée même par des hommes très éminents au point de vue intellectuel » (278)…

6. Voilà pourquoi *il croit* qu'« une alliance et une communauté de travail entre analystes et occultistes paraîtrait aussi facile à concevoir que riche en perspectives » (XVI, 102)… *Interdiction temporaire*, donc, de prendre parti publiquement pour l'occultisme ; mais *autorisation structurelle* d'un compagnonnage.

2

**La pensée symbolique.** Freud pratique abondamment et sans réserves la pensée symbolique. Elle constitue le contraire de la pensée et désigne une pensée préscientifique qui n'est pas encore parvenue à ce qui permet de parler de pensée. L'animisme, le totémisme, la magie, le polythéisme, le monothéisme, la mythologie, les religions, les légendes folkloriques, les sagas, les fables constituent un seul et même monde dans lequel la psychanalyse prend sa place aux côtés du spiritisme, de l'occultisme, de l'alchimie, de l'hermétisme, de la gnose, autant de modalités de la pensée préscientifique.

La psychanalyse illustre à merveille la pensée préscientifique décrite par Bachelard dans *La Formation de l'esprit scientifique*. Qu'est-ce qui la caractérise ? Son incapacité à limiter son objet car, dès qu'elle achève une expérience particulière, elle cherche à la généraliser dans les domaines les plus variés ; sa totale incapacité à l'autocritique ; sa façon de procéder par une sorte de « rêverie savante » ; l'« aspect littéraire » des livres de sa production ; la grande influence des auteurs de second ordre ; la croyance à cette idée que « la substance a un intérieur » ; la proximité avec « la pensée paresseuse », facilement satisfaite par la « désignation d'un phéno-mène connu par un nom savant » ; l'incapacité de résis-ter à « la séduction de l'unité d'explication par un seul caractère » – voir le rôle tout-puissant de l'inconscient ; la primauté de l'imagination sur l'expérience ; la créance au merveilleux dont on ne se détache plus dès qu'on lui a donné crédit : « … longtemps on s'acharne à rationa-liser la merveille plutôt qu'à la réduire » – n'est-ce pas toute l'explication de la psychanalyse : *rationaliser la merveille* ? ; la surabondance de mots pour exprimer une idée imprécise ; l'accord de la mentalité du malade avec celle du médecin – l'aveu freudien de la différence de degré entre le psychopathe et celui qui ne l'est pas. Et puis cette assertion majeure : « La pensée préscienti-fique est fortement engagée dans la pensée symbo-lique. » Bachelard précise combien ces pseudosciences contribuent à la formation d'une science véritable – mais plus tard, après elles, après le dépassement de leur simplisme conceptuel. *Quid* du simplisme conceptuel de la psychanalyse ?

### 3

**Du simplisme freudien.** On a peine, parfois, à croire que Freud ait pu, *sérieusement*, croire à telle ou telle de ses hypothèses tant elles devraient entraîner un rire inextinguible chez le lecteur... Voici quelques exemples : dans *Le Début du traitement*, un texte de 1913, Freud écrit : « Lors de la première séance, un jeune et spirituel philosophe aux goûts artistiques exquis se hâte d'arranger le pli de son pantalon. Je constatai (*sic*) que ce jeune homme était un coprophile des plus raffinés, comme il fallait s'y attendre (*sic*) dans le cas de ce futur esthète » (98). Pour quelles raisons : *comme il fallait s'y attendre* ? En vertu de quelle loi scientifiquement établie ?

Freud projette purement et simplement son désir qu'il en soit ainsi... Causalité magique ! De l'hypothèse extrapolée d'un « futur esthète », et en regard de l'idée subjective qu'il se fait de l'esthète, Freud conclut à l'objectivité d'une sentence dite selon sa science : il y va là, *bien sûr*, d'une manifestation évidente de coprophilie ! Nulle part Freud n'imagine qu'un individu puisse refaire le pli de son pantalon sans désir inconscient de jouir de matières fécales, par simple souci d'élégance, tout simplement parce qu'un pantalon froissé lui plaît moins qu'un tissu fraîchement repassé !

Pour rester dans le domaine anal qui fascinait tant Freud, citons une lettre à Stefan Zweig dans laquelle le docteur viennois émet une hypothèse sur l'origine de la passion musicale. Nous sommes en 1931, Freud n'est plus un perdreau de l'année psychanalytique, il a son œuvre derrière lui et prétend moins chercher qu'avoir trouvé. Ce 25 juin, il écrit au futur auteur de *La Guérison de l'esprit* (qui fait fort justement de Freud un guérisseur au même titre que Mary Baker Eddy qui soignait par l'extase de la foi et de Mesmer qui obtenait les mêmes résultats avec son baquet magnétique...) : «Le fait que Mozart appréciait et cultivait le "son des cloches salopes" m'était, je ne sais plus d'où, connu. [...] J'ai remarqué, en analysant plusieurs musiciens, un intérêt particulier, et qui remonte jusqu'à leur enfance, pour les bruits que l'on produit avec les intestins. S'agit-il seulement d'un des aspects de leur intérêt général pour le monde sonore, ou bien faut-il penser qu'il entre dans le don pour la musique (qui nous est inconnu) une forte composante anale ? Je laisse la question en suspens »... Dommage, car nous aurions probablement bien ri !

Dans une lettre à Fliess datée du 29 décembre 1897, Freud parle de sa « merdologie », un néologisme pour qualifier *fort à propos* sa « science »... Que Freud ait eu sa vie durant des problèmes intestinaux, qu'il revienne de chaque visite dominicale chez sa mère avec ce genre de troubles, qu'il ait passé un temps fou à consulter ses excréments comme un marc de café susceptible de le renseigner sur les mécanismes de ses somatisations constantes, qu'il ait théorisé cela très sérieusement dans *Caractère et Érotisme anal*, voilà qui ne poserait aucun problème si cette *merdologie* restait une mythologie personnelle… Mais expliquer Mozart, après avoir psychanalysé Mahler, avec pour seul instrument clinique cette obsession personnelle, voilà qui définit une science privée – autrement dit, une non-science…

### 4

**Le goût des sorcières.** Le rêve fournit à Freud les mêmes occasions de délire performatif. La production théorique d'un « contenu manifeste » et d'un « contenu latent » du rêve constitue une formidable sophisterie utile pour récuser la toute-puissance de la réalité au profit d'une virtualité animée par le seul bon vouloir de l'analyste. Si *L'Interprétation du rêve* formulait une véritable « science de l'interprétation », alors il suffirait de s'adonner à une expérience extrêmement simple susceptible d'être infiniment reproduite, pour vérifier sa validité épistémologique : un rêveur raconterait son rêve à dix psychanalystes. Chacun d'entre eux, après s'être entretenu selon ses souhaits avec le patient, rédigerait son analyse dans une pièce séparée. Tous se retrouveraient pour livrer leur analyse et confronter leurs conclusions.

Si la méthode freudienne était juste, efficace, et débouchait chaque fois sur une seule interprétation, alors les dix comptes rendus coïncideraient. Si, en revanche, comme on le constate, les dix lectures pro-

posent des interprétations diverses, hétérogènes,
contradictoires, alors on doit conclure que ce qui se
joue dans l'interprétation est moins l'exercice impec-
cable d'une *science avérée* que la pitoyable projection
d'une *mythologie privée*… Et dans cette mythologie
privée, on trouve d'étranges obsessions…

Ainsi, le 24 janvier 1897, Freud écrit à Fliess :
« L'idée de faire intervenir les sorcières prend vie.
De plus, je la tiens pour pertinente » – *on aura bien
lu*… Freud, qui revendique la paternité du mot psychanalyse depuis 1896, écrit qu'il sollicite les sorcières
pour élaborer son corpus doctrinal ! Il confesse avoir
acheté *Le Marteau des sorcières*, un manuel de sorcellerie datant de 1486 et constamment réédité. Les
sorcières chevauchent un balai ? C'est « vraisembla-
blement le grand Sire Pénis ». Le diable donne de
l'argent à ses victimes ? Des excréments transfigurés…

À ce propos, Ernest Jones écrit dans *La Vie
et l'Œuvre de Sigmund Freud* : « Un fait (*sic*)
avait particulièrement frappé Freud : les actes pervers
pratiqués par le démon sur ses adorateurs étaient
identiques aux récits d'enfance de ses malades. Il sug-
géra que de semblables perversions représentent les
vestiges héréditaires (*sic*) d'un ancien culte sexuel
semi-religieux d'origine sémitique »… Le même biographe nous apprend que Freud a lu « tous (*sic*) les
livres des XVIe et XVIIe traitant de ces sujets ». Voici
donc la sorcellerie sollicitée pour confirmer les hypothèses de Freud sur le caractère phylogénétique du
matériau inconscient : où l'on voit combien la

« science » freudienne s'appuie sur un matériau indiscutable !

Cette convocation des sorcières et du diable ne définit pas un simple exercice, une modeste hypothèse, car on retrouve cette idée sérieusement gravée dans le marbre doctrinal de *Caractère et Érotisme anal*, un texte de 1908 dans lequel Freud écrit : « Le diable n'est très certainement rien d'autre que la personnification de la vie pulsionnelle inconsciente refoulée » (VIII, 193). Puis cette assertion : « Partout où le mode de pensée archaïque a été dominant ou l'est resté, dans les cultures antiques, dans le mythe, le conte, la superstition, dans la pensée inconsciente, dans le rêve et dans la névrose, l'argent est placé dans les relations les plus intimes avec la merde » (VIII, 193).

Une fois de plus, Sigmund Freud, homme du livre vivant dans le passé des morts, revendique moins la clinique et les patients, la pratique analytique et l'écoute des personnes, que la bibliothèque dans laquelle on trouve les récits mythologiques, les contes folkloriques, les manuels de sorcellerie, les traités d'onirocritique. Pour avancer sa réflexion, il demande à Fliess une bonne bibliographie sur l'histoire du diable, le lexique des jurons, les chansons en relation avec cette question excrémentielle…

Freud défenseur de la numérologie, Freud partisan de la télépathie, Freud croyant à la transmission de pensée, Freud séduit par les potentialités de l'occultisme, Freud pratiquant les rites de conjuration du mauvais sort, Freud superstitieux, Freud plus soucieux de rêve que de réalité, Freud lecteur de clés des songes, Freud acheteur de traités de sorcellerie, Freud sollicitant le diable pour bien penser, voilà bien un Freud loin de la philosophie rationnelle des Lumières !

… Ou une pensée critique ?

*Où l'on découvre que les tables ne tournent pas…*

## 1

**Une critique philosophique de Freud.** La critique *philosophique* de Freud, du freudisme et de la psychanalyse est aussi vieille que… Freud, le freudisme et la psychanalyse ! Du vivant même de celui qui se présente comme le seul, l'unique, l'indépassable fondateur d'une science nouvelle, il existe déjà des critiques qui, toutes, se trouvent *déjà* criminalisées par Freud lui-même comme antisémites, réactionnaires, conservatrices, prudes et bourgeoises, complices de la réaction, rétrogrades, imbéciles, tout est bon pour éviter le débat d'idées, la confrontation d'opinions.

Contre les amateurs de tables tournantes, les dévots de la parapsychologie, les superstitieux, les télépathes et autres transmetteurs de pensée, les amateurs de sorcières et fantaisies associées, on peut préférer les usages d'une raison sainement conduite. Freud illustre la tradition dite des Antiphilosophes qui, au XVIII\ :sup :e siècle, s'opposaient à la philosophie des Lumières en opposant une idéologie spiritualiste, des fictions immatérielles, un obscurantisme militant au discours rationaliste, à la proposition matérialiste et à la démarche éclairée. Les *Philosophes*, quant à eux, tenaient un discours qu'il convient de tenir à nouveau.

Une anthologie critique des textes produits pendant le XXᵉ siècle par des philosophes haut de gamme contre la psychanalyse rassemblerait du beau monde :

1. Le *Alain* des *Éléments de philosophie*, pour qui l'inconscient n'a pas à être pensé comme un « personnage mythologique ».

2. Le *Karl Jaspers* de *La Situation spirituelle de notre époque*, selon qui la théorie freudienne de la libido ne permet pas d'atteindre la totalité de l'homme, impossible à réduire à ses seuls instincts et pulsions.

3. Le *Jean-Paul Sartre* de *L'Être et le Néant*, qui propose, j'y reviendrai, une psychanalyse existentielle qui garde à la conscience, le pour-soi dans le jargon sartrien, un rôle architectonique dans la construction de l'identité.

4. Le *Karl Popper* de *La Connaissance objective*, qui considère la psychanalyse comme l'astrologie ou la métaphysique, autrement dit comme des visions du monde reposant sur des propositions non scientifiques parce que incapables de se soumettre à la procédure épistémologique de la falsifiabilité.

5. Le *Ludwig Wittgenstein* des *Conversations sur Freud*, pour qui l'homme qui se proposait de démythologiser le monde a finalement ajouté des mythes aux mythes.

6. Le *Gilles Deleuze* qui, avec *Félix Guattari*, dans *L'Anti-Œdipe* et dans *Mille plateaux*, les deux tomes de *Capitalisme et Schizophrénie*, offre une pensée du désir à même de suggérer des « constructions d'agencements » en lieu et place d'une pensée renvoyant à la castration, au Père et à la Mère, au Phallus (le même

Deleuze disait dans un entretien sur le désir : « N'allez pas vous faire psychanalyser, cherchez bien plutôt les agencements qui vous conviennent »).

7. Ou bien, *ou bien*, récemment, *Jacques Derrida* qui, dans un chapitre paradoxalement intitulé « Éloge de la psychanalyse » d'un livre qui a pour titre *De quoi demain...*, affirme ceci : « La grande conceptualité freudienne a sans doute été nécessaire, j'en conviens. Nécessaire pour rompre avec la psychologie dans un contexte donné de l'histoire des sciences. Mais je me demande si cet appareil conceptuel survivra longtemps. Je me trompe peut-être, mais le ça, le moi, le surmoi, le moi idéal, l'idéal du moi, le processus secondaire et le processus primaire du refoulement, etc. – en un mot les grandes machines freudiennes (y compris le concept et le mot d'inconscient !) – ne sont à mes yeux que des armes provisoires, voire des outils rhétoriques bricolés contre une philosophie de la conscience, de l'intentionnalité transparente et pleinement responsable. Je ne crois guère à leur avenir. Je ne pense pas qu'une métapsychologie puisse résister longtemps à l'examen. On n'en parle déjà presque plus. » Dont acte...

Ces critiques s'effectuent donc au nom : de la conscience cartésienne, impossible à effacer d'un trait de plume performatif ; du chimérique déni de la raison corporelle médicale en matière de psychothérapie ; de la méthode fantasque et des procédures fautives de construction épistémologique d'une discipline présentée comme une « science » par un homme qui revendique dans *L'Homme Moïse et la religion monothéiste* « la liberté d'inventer » (145) ; de la production d'une mythologie sous prétexte de lutter contre la mythologie ; de la critique du *psychanalysme* castrateur au nom d'une philosophie du désir ; de l'inscription historique de la pensée de Freud et de son inévitable caducité le temps passant...


2


**Dès 1939 : « La fin de la psychanalyse ».** À cette galerie de beaux portraits philosophiques, j'ajoute *Georges Politzer*, probablement l'un des premiers penseurs critiques de la psychanalyse en France, si ce n'est le premier. Ce philosophe a été fusillé par les nazis au Mont-Valérien le 23 mai 1942. Depuis fin 1940, il travaillait à la mise sur pied d'un réseau de Résistance. Le jour du peloton d'exécution, il n'avait pas quarante ans. En 1929, il avait pourtant déjà publié un retentissant *La Fin d'une parade philosophique : le bergsonisme*, et une *Critique des fondements de la psychologie*, une œuvre abondamment lue et avec profit par... Sartre, Merleau-Ponty, Leiris, Lévi-Strauss, Canguilhem, Althusser, Ricœur, Lacan, Lefebvre, Deleuze, Foucault, Derrida !

Dans « La Crise de la psychanalyse », en février 1929, un texte publié dans la *Revue de psychologie concrète* qu'il dirige de 1930 à 1939, Politzer avait appelé à la réforme nécessaire de la psychanalyse ; souhaité en finir avec la scolastique freudienne ; invité à pratiquer un droit d'inventaire pour écarter, dans la psychanalyse freudienne, le daté qui relevait conjoncturellement des enjeux de l'époque ; affirmé que la psychanalyse freudienne était un moment dans un mouvement et qu'elle ne pouvait être la forme définitive de la psychanalyse ; voulu en finir avec les « simulacres abstraits et mythologiques » du freudisme ; démonté l'argument selon lequel toute critique de la psychanalyse venant d'un non-psychanalyste ou d'un non-psychanalysé était nulle et non avenue ; stigmatisé la « conception magique » de la psychanalyse ; pointé la nature idéaliste de cette pensée antimatérialiste ; vu sa nature conservatrice et réactionnaire en politique ; signalé son fonctionnement comme une machine de guerre lancée contre le marxisme ; remarqué le caractère foncièrement spiritualiste et métaphysique de la discipline ; dénoncé la nature mythologique de la libido. De même, dans « Psychanalyse et marxisme », publié dans la revue *Commune* en novembre 1933, il avait annoncé la mort de la psychanalyse avant même celle de Freud…

Dans « La Fin de la psychanalyse », un texte paru dans la revue communiste *La Pensée* (octobre-novembre-décembre 1939), Politzer écrit : « Il suffit de feuilleter n'importe quel ouvrage psychanalytique pour se rendre compte à quelles puérilités peut aboutir la "sociologie freudienne". Indiquons seulement qu'en fait Freud et ses disciples ont été amenés à proposer les "complexes" à la place des forces motrices réelles de l'histoire. La "sociologie" à laquelle ils ont abouti ainsi fait apparaître à la surface l'idéalisme que la doctrine contient à la base. Par cet aspect des théories psychanalytiques, le mouvement issu de Freud a rejoint, par-delà la réaction philosophique, la réaction sociale et politique. »

Puis, quelques lignes plus loin, celles-ci, redoutables de lucidité : « On a souvent fait état, dans les milieux psychanalytiques, de l'exil de Freud symbolisant la condamnation de la psychanalyse par les nazis. Certes, il y a eu des déclamations nazies contre la psychanalyse. Il n'en est pas moins vrai que la psychanalyse et les psychanalystes ont fourni pas mal de thèmes aux théoriciens nazis, et en premier lieu celui de l'inconscient. L'attitude pratique du nazisme à l'égard de la psychanalyse a été déterminée essentiellement par des raisons tactiques. En prenant des allures d'iconoclastes, les psychanalystes ont profondément heurté les sentiments des masses des classes moyennes. Telle est la spécialité historique de l'anarchisme petit-bourgeois… En plus de la question raciale, c'est pour exploiter ce fait que le nazisme a dénoncé quelque peu le freudisme, mais cela ne l'a jamais empêché, ni d'intégrer les psychanalystes parmi le personnel nazi, ni d'emprunter des thèmes à la doctrine freudienne » (pp. 300-301). Qui écrivait ces vérités radicales à cette date-là ?

En conclusion à ce même article, Politzer affirmait : « Il est vraisemblable aujourd'hui que la psychanalyse subira un sort analogue à celui de la phrénologie et de l'hypnotisme. Comme eux, elle appartient au passé. La voie des découvertes réelles et de la science effective de l'homme ne passe pas par les "raccourcis" sensationnels de la psychanalyse. Elle passe par l'étude précise des faits physiologiques et historiques, à la lumière de cette conception dont l'ensemble des sciences modernes de la nature garantit la solidité. » Ces lignes datent du dernier trimestre de l'année 1939.

3

**Éloge de la psychologie concrète.** Dans sa courte vie intellectuelle, moins de quinze ans, Politzer a beaucoup ferraillé intellectuellement, il *écrivait contre*, avec la fougue d'une jeunesse pleine de sang et de nerf ; il n'a pas eu suffisamment le temps d'*écrire pour*, la mort au Mont-Valérien ayant stoppé avant son heure cette belle intelligence polémique… Contre l'idéalisme de Bergson, contre le simplisme de Laforgue et Allendy, contre le spiritualisme de Blondel, contre le freudomarxisme de Bernier et Audard, contre la contre-révolution de Rosenberg ; mais pour quoi ? Pour une psychologie concrète, *son grand apport à la pensée du XX*<sup>e</sup> *siècle*.

Politzer a le sang chaud. Bergson est une vedette. On se presse à ses cours. Des dames du monde s'évanouissent. Le contenu philosophique de *L'Énergie spirituelle* disparaît sous les effets sociologiques mondains… Avec Lefebvre, Politzer vient au cours de Bergson, alors académicien, commandeur de la Légion d'honneur, professeur au Collège de France, membre de l'Institut. Il se place devant lui et mange bruyamment son sandwich, une façon cynique, au sens de

Diogène, de manifester son antibergsonisme. Dans la salle, les deux compères lâchent une tortue surnommée « Évolution créatrice »… Ces années 1923-1926 sont aussi celles du surréalisme…

Dès lors, *La Fin d'une parade philosophique : le bergsonisme* ressemble à un règlement de comptes, sinon à un effet de ressentiment, plus qu'à une analyse sérieuse. Car la conception que Bergson se fait de la psychologie de la conscience, si elle doit être invalidée, ne saurait l'être parce que l'auteur de *Durée et Simultanéité* « a été ouvertement pour la guerre, et, en fait, contre la révolution russe », ou que, toute sa vie, « il s'est donné intégralement aux valeurs bourgeoises »… Pareilles phrases sont continuation de la tortue par d'autres moyens.

Mettons de côté le sang chaud d'un jeune philosophe brillant, la provocation surréaliste d'un penseur alors sans reconnaissance, l'énervement d'un personnage sans surface sociale et le travail positif de construction d'une psychologie concrète. Évitons tout ce qui est contre. Sachons que Politzer reproche à Bergson de chosifier la conscience, d'en faire une réalité autonome, d'où l'accusation de *réalisme* qui interdit l'accès à la vérité que définissent « *le concret et la vie* ». Mais qu'est-ce que le concret ? Et la vie ?

Dans *Les Fondements de la psychologie*, Politzer affirme que la vie est drame – un terme dont il privilégie la « signification scénique ». Drame de la vie quotidienne, drame de notre vision de nous-mêmes, drame du contact avec nos semblables, drame de nos intentions, drame de notre compréhension mutuelle, drame de notre connaissance d'autrui. Politzer invite à «une connaissance pratique de l'homme» qui vit, agit, s'inscrit dans la matérialité pure du monde, du réel et de l'intersubjectivité.

Contre la psychologie classique, qui pense le réel à l'aide d'abstractions chosifiées puis cristallisées en concepts et qui aborde la question de la vie intérieure comme s'il s'agissait d'un mythe, Politzer voit apparaître trois psychologies nouvelles : le béhaviorisme, la psychologie de la forme et la psychanalyse. Laissons de côté les deux premières pour nous intéresser à la troisième. Dans la psychanalyse, il reste des survivances abstraites et idéalistes issues de la psychologie classique. En revanche, penser la psychologie en fonction du sujet subjectif, personnel, comme le fait Freud, engage sur la voie de la psychologie concrète. Mais la métapsychologie réactive la vieille métaphysique avec un inconscient abstrait. Voilà pourquoi *la psychanalyse freudienne* doit être dépassée au profit de *la psychologie concrète*. Garder le subjectivisme, supprimer la métaphysique.

La psychologie concrète tourne le dos aux idées pures, aux formes conceptuelles, aux concepts qui procèdent du ciel des idées ou relèvent de la spéculation pure, elle est science d'un je en situation, d'un être présent au monde sur le mode dramatique – autant d'interventions qui transforment Politzer en précurseur de l'existentialisme français. Seuls comptent les actes. Non pas la mémoire en tant que telle, dans l'absolu, en soi, mais *tel* souvenir de *tel* individu dans *telle* situation particulière.

Que dire de plus ? Une psychologie concrète ainsi définie, à quoi servirait l'impossible essai d'une encyclopédie de ses endroits possibles ou de ses manifestations ? Il est habituellement convenu de dire que Politzer renonce à sa psychologie concrète pour s'engager dans le militantisme politique au Parti communiste français. On oublie aussi de se souvenir que les nazis arrêtent cette intelligence en pleine course et que ce qui ressemble à un renoncement doit plutôt être mis en perspective avec un empêchement majeur – le drame par excellence, à savoir : la mort d'un homme…

Si la psychologie concrète de Politzer n'a pas eu lieu, c'est qu'elle n'en a pas eu le temps. À plusieurs reprises dans sa *Revue de psychologie concrète*, il invite à un travail collectif. Ainsi, dans l'éditorial du numéro 1 et 2 (« Publication fondée à titre d'expérience psychologique ») intitulé *Les Fondements de la psychologie*, Politzer écrit : « Tout ce qui concerne les fondements de la psychologie ne peut être élaboré définitivement que par le travail collectif, parce qu'un système individuel n'est toujours qu'une construction arbitraire, et que le travail collectif seul peut aboutir à ce "système" qu'on appelle une science. »

Dès lors il n'y a pas abandon de ce projet par Politzer au profit de son engagement militant au PCF, ni même insuccès à cause de l'impossibilité intrinsèque d'une psychologie concrète entendue comme « science positive », car le chantier ouvert par le philosophe nécessitait un travail collectif qui n'a pas eu lieu. La faute à qui ? Aux fusilleurs du Mont-Valérien, bien sûr, rappelons-le avec ferveur, mais également aux

analystes et aux psychologues ignorant la perche ten-
due par un penseur vif-argent ayant compris trop tôt
que la psychanalyse avait été un temps dans l'histoire
de la psychologie, mais qu'il fallait prendre son appui
sur elle pour la dépasser au profit d'une science nouvelle à construire. La mort dramatique et l'impéritie
de ses lecteurs ont empêché ce projet. Mais qu'est-ce
qui, aujourd'hui, nous interdit de le reprendre – *collectivement* ?

# 7

## Une thérapie potentielle…

*Où l'on apprend que Freud excellait dans les guérisons de papier…*

**Un capharnaüm thérapeutique.** Les psychanalystes, et, plus grave, certains « historiens » autoproclamés de la psychanalyse, détestent l'histoire, car elle est le moyen le plus sûr de lutter contre une légende – leur légende… La carte postale habituellement vendue dans le tourniquet « psychanalyse » associe le nom de Freud à la psychanalyse, à toute la psychanalyse. La discipline serait sortie tout armée de la cuisse du Jupiter viennois, comme par un enchantement dont on contrebalance l'aspect merveilleux par le fin vernis de l'auto-analyse, un prétendu exploit scientifique, si l'on en croit les hagiographes, un tout simple exercice d'introspection couramment pratiqué pendant dix siècles de philosophie antique, si l'on veut bien se faire réellement historien des idées…

Or le trajet de Freud en matière de thérapie est loin d'être rectiligne ! Ce qui l'explique est très trivialement l'envie de gagner très vite beaucoup d'argent, d'acquérir un nom, de se faire une réputation – en témoignent ses lettres à sa fiancée, dont celle du 7 janvier 1885. Dans l'ordre chronologique, Freud a recours pour soigner et prétendument guérir :

1. À la *cocaïne*, transformée en panacée dès 1885, mais ses tâtonnements et ses erreurs de prescription

causent la mort de son ami Fleischl-Marxow, un épisode constamment gommé par Freud, ses biographes et ses thuriféraires.

2. À l'*électrothérapie*, qu'il utilise pendant quatre années, de 1886 à 1890. Il envisage même de publier sur ce sujet.

3. À la *balnéothérapie*, mais, comme l'activité n'est pas rentable, il renonce aussi, non sans avoir signalé dans son *Autoprésentation* que la vénalité l'avait conduit à ce renoncement (XVII, 63).

4. À l'*hypnose*, dans laquelle il n'excelle pas beaucoup. Il singe Charcot et Bernheim auxquels il rend visite pour les courtiser un peu lourdement en leur offrant ses services pour traduire leurs œuvres en allemand, ce qui ne l'empêche pas de continuer l'électrothérapie en même temps.

5. À l'*imposition des mains*, en l'occurrence : une pression sur la tête, accompagnée d'une sollicitation destinée à faire surgir le traumatisme comme par miracle.

6. Au *massage de l'utérus*, qu'il défend théoriquement dans ses *Études sur l'hystérie* (III, 95).

7. Au *divan*, et ce dès 1893, puisqu'il parle déjà d'une patiente « allongée sur le divan » (II, 98) alors que le mot psychanalyse n'existe pas encore.

8. Au *psychrophore* : la psychanalyse date de 1896, elle est présentée comme une méthode qui soigne et guérit. Pourtant, en 1910, Freud ajoute cette extravagante technique à sa cour des miracles thérapeutiques. Dans une lettre à Ludwig Binswanger datée du 9 avril 1910, il prescrit en effet le recours à cet instrument de

torture, une sonde urétrale à introduire dans la verge afin de procéder à des injections d'eau glacée – qui soignent… Variation nouvelle sur le thème de la balnéothérapie !

Pourquoi cet instrument, cette mécanique sommaire, invasive et traumatisante, ce matériel de vétérinaire, alors que Freud clame partout depuis des années l'infaillibilité de sa méthode psychanalytique ? À cette date, il a déjà publié *La Méthode psychanalytique de Freud* (1904), *De la psychothérapie* (1905), *Perspectives d'avenir de la thérapeutique analytique* (1910), *À propos de la psychanalyse dite « sauvage »* (1910) qui détaille le rituel, la séance, les honoraires, la libre association – et il *écrit* que la psychanalyse soigne pendant qu'il *prescrit*, hors psychanalyse, des techniques barbares… Si la psychanalyse fonctionne, à quoi bon le psychrophore en 1910 ? Et si psychrophore il y a en 1910, alors la psychanalyse ne soigne pas – ne guérit pas. Preuve par l'histoire que le divan est une imposture.

2

**« Les patients, c'est de la racaille ».** Freud, qui méprisait le réel auquel il préférait ses fictions, a plusieurs fois signifié qu'il englobait les patients dans ce dédain. Pour preuve ces confidences à deux de ses disciples. Ludwig Binswanger rapporte une visite faite à Freud en mai 1912 dans ses *Souvenirs de Sigmund*

*Freud* : « Je lui ai demandé en quels termes il était avec ses patients. Réponse : "Je leur tordrais bien le cou à tous". Là, ma mémoire ne se trompe certainement pas. » Et puis, cette autre confidence faite à Sándor Ferenczi qui la consigne dans son *Journal clinique* en 1932 : « Je dois me souvenir de certaines remarques de Freud qu'il a laissées tomber en ma présence, comptant manifestement sur ma discrétion : "Les patients, c'est de la racaille, les patients ne sont bons qu'à nous faire vivre, et ils sont du matériel pour apprendre. Nous ne pouvons pas les aider de toute façon" »…

Freud n'a jamais obtenu que des guérisons de papier. Insoucieux de ce que pouvaient penser les personnes physiques de la trahison du secret professionnel sous des dissimulations qui ne trompaient personne à Vienne, Freud revendique le droit du scientifique à faire fi des problèmes de conscience de ses patients : il travaille pour la science en regard de laquelle tout doit plier. Ne revendique-t-il pas le statut de conquistador, autrement dit d'un homme de sac et de corde sans foi ni loi, ce « scientifique » qui se compare à Christophe Colomb ?

*Si l'on en croit ses articles, ses textes, ses livres, ses publications, ses conférences*, de même que ses biographes, ses thuriféraires et les tenants de la légende présentés comme « historiens » de la psychanalyse, Freud a soigné et guéri de son hystérie « le cas Dora » en onze semaines ; il a soigné et guéri de sa phobie « le Petit Hans » en « quelques instants » ; il a soigné et guéri de sa névrose « l'Homme aux rats » en sept séances (en fait, trois mois et vingt jours) ; il a soigné et guéri de sa névrose « l'Homme aux loups » en quatre années.

Mais, *si l'on en croit les découvertes obtenues par de réels historiens de la psychanalyse* :

1. Freud n'a jamais guéri Ida Bauer, le fameux cas Dora, qui a pris l'initiative d'une rupture avec Freud avant même le prétendu aboutissement de l'analyse.

2. Freud n'a jamais guéri Herbert Graf, le Petit Hans, qui, adulte, fait savoir que Freud délire et que la prétendue crainte de castration invoquée par le docteur viennois était l'arbre qui cachait la forêt : une peur réelle consécutive au spectacle traumatisant de la banale chute d'un cheval dont l'enfant s'était remis naturellement avec le temps.

3. Freud n'a jamais guéri Ernst Lanzer, l'Homme aux rats, contrairement à ce qu'il prétend dans *Remarques sur un cas de névrose de contrainte* (IX, 135), même si, dans une lettre à Jung, il affirme que Lanzer n'avait pas réglé ses problèmes – sa mort début 1914 survint fort opportunément pour le psychanalyste.

4. Freud n'a pas guéri Sergueï Pankejeff, l'Homme aux loups, alors que la chose est affirmée dans *À partir de l'histoire d'une névrose infantile* (XIII, 118). Pankejeff, prétendument guéri en 1918, s'allonge toujours sur un divan en… 1974, âgé de quatre-vingt-sept ans ! Quand il meurt en 1979, à quatre-vingt-douze ans, le vieil homme a usé sans succès le divan de dix psychanalystes. Il disait : « Au lieu de me faire du bien, les psychanalystes m'ont fait du mal »…

5. Freud n'a jamais guéri le Président Schreber, puisqu'il s'est contenté de commenter ses souvenirs, n'a jamais souhaité le rencontrer physiquement, alors que c'était encore possible, et s'est satisfait d'une prouesse théorique insoucieuse de la vérité du personnage.

Mais peu importent le corps, la chair, la souffrance, les pathologies, la misère, les troubles existentiels des personnes puisque seule compte l'avancée de la science : « Nous avons le droit, et même le devoir, de pratiquer la recherche sans prendre en considération un effet utile immédiat. À la fin – nous ne savons ni où ni quand –, cette petite parcelle de savoir se transposera en pouvoir, et même en pouvoir thérapeutique. Si la psychanalyse, dans toutes les autres formes d'affection nerveuse et psychique, présentait aussi peu de succès que dans les idées délirantes, elle resterait quand même un moyen irremplaçable de recherche scientifique » (*Leçons d'introduction à la psychanalyse*, XIV, 264). Dès lors, à quoi bon se soucier de patients, de guérison, de vérité, puisque la fin (créer une hypothétique « science ») justifie les moyens (mépriser les patients)…

## 3

**Que peut la psychanalyse ?** Mis à part les psychoses, les psychanalystes récusent l'existence de limites à leur pouvoir : *ils peuvent tout guérir* et, quand ils ne guérissent pas, ce n'est pas la faute de la psychanalyse ou du psychanalyste, toujours indemnes, mais du patient ayant intérêt à ne pas guérir en vertu d'une série incroyable de sophismes :

1. Premier sophisme : *le « bénéfice de la maladie »* théorisé dans *Fragments d'une analyse d'hystérie*, le fameux cas Dora. Le patient a plus intérêt à rester malade qu'à guérir – Freud précise que les pauvres illustrent parfaitement cette hypothèse. Lire à ce sujet ses analyses cyniques dans *Le Début du traitement* (92).

2. Deuxième sophisme : *l'échec à cause du succès* (!) gravé dans le marbre doctrinal de *L'Analyse avec fin et l'analyse sans fin* – le psychanalyste excelle tellement que le patient prend peur de la guérison qui se profile et son inconscient l'en empêche par un retournement de la pulsion de mort contre lui-même.

3. Troisième sophisme : *la névrose qui peut en cacher une autre*, le patient revient, toujours souffrant, mais les causes ne sont plus les mêmes puisque l'analyse les avait supprimées, ce sont donc d'autres causes qui, pourtant, produisent les mêmes effets…

Toutefois, si la corporation psychanalytique, toute à l'accueil de n'importe quelle pathologie pour des raisons triviales (la captation et l'assignation d'un malade au cabinet s'avère toujours rentable d'un point de vue financier – les quatre années de Pankejeff chez Freud lui auront tout de même coûté 50 000 euros 2010, sans compter le coût du demi-siècle de divan ayant suivi sans guérison…), a intérêt à prétendre qu'elle peut tout guérir, elle oublie que Freud lui-même (probablement pour prévenir quelques remarques sur ses insuccès) avait signalé quels types de clients soignait son divan.

Freud déconseille la psychanalyse à une liste incroyable de gens :

1. Le personnage confus.

2. Le dépressif mélancolique.

3. La personne de constitution dégénérée.

4. Le patient dépourvu de sens moral.

5. L'individu privé d'intelligence.

6. Le sujet ayant passé la cinquantaine.

7. L'homme ou la femme conduits chez l'analyste par un tiers.

8. L'anorexique hystérique.

9. À quoi il ajoute, dans *L'Intérêt que présente la psychanalyse* (XII, 99) : « ... dans les formes les plus graves de troubles mentaux proprement dits, la psychanalyse n'arrive à rien sur le plan thérapeutique ».

Si les confus, les déprimés, les immoraux, les dégénérés, les post-cinquantenaires, les contraints, les anorexiques, les déments, les aliénés, les psychopathes font échec à la psychanalyse, qui est autorisé à s'allonger sur un divan pour en espérer un succès ? On est dès lors en droit de se poser la question : que soigne *vraiment* la psychanalyse ? Disons qu'elle peut faire illusion sur ce que je nommerais les petits bobos existentiels, les difficultés à vivre, les lassitudes à être, la mélancolie des oisifs. Freud récusait les pauvres, les gens sans argent, sans fortune même ; il interdisait également l'entrée de son cabinet aux gens trop mal portants. Reste alors une frange facile à guérir : les gens qui ne sont pas malades, ceux qui proclament haut et fort que « la psychanalyse les a sauvés » !

Autrement dit : les intellectuels, les riches, les gens bien portants, les bourgeois nouvellement enrichis, les aristocrates fortunés, toute la clientèle viennoise dont il faudrait établir la sociologie pour comprendre combien elle ne concernait qu'une infime frange de la population. Freud effectue le portrait idéal de son patient : il manifeste confiance et patience, docilité et persévérance. Mais également, et voilà l'aveu majeur explicatif du fonctionnement de sa thérapie quand elle obtient quelque effet, la croyance : « Le névrosé se met au travail parce qu'il accorde la croyance à l'analyste », lit-on dans *La Question de l'analyse profane* (50) – comme dans toute relation magique, c'est en effet la croyance au pouvoir du guérisseur qui peut obtenir parfois une « guérison »…

4

**Une méthode Coué viennoise.** Freud lui-même ne croyait guère à la psychanalyse. Comme toujours, il y a le Freud poseur qui parle pour l'éternité et professe sa vérité universelle dans son œuvre complète ; et il y a le Freud qui dit la vérité, sans imaginer que des micros traînent – en l'occurrence ses innombrables lettres. Sa correspondance exprime malgré lui la vérité d'un Freud qu'il a souhaité masquer par une légende construite par ses soins.

Ainsi, le 28 mai 1911, une année après l'aveu d'impuissance thérapeutique que constitue la prescription du psychrophore, Freud écrit à Binswanger : « On appelle la cure psychanalytique "un blanchiment de nègres". Pas tout à fait à tort si nous nous élevons au-dessus du niveau reconnu de la médecine interne. Je me console souvent en me disant que si nous sommes si peu performants au niveau thérapeutique, nous apprenons au moins pourquoi on ne peut l'être davantage. » Voilà la chose dite…

Si l'on veut une référence théorique, sinon théorétique, parce qu'on mépriserait la correspondance comme une sous-œuvre freudienne, alors lisons le même aveu d'impuissance dans *L'Analyse avec fin et l'analyse sans fin*, une œuvre ultime et testamentaire : « Est-il possible de liquider durablement et définitivement par thérapie analytique un conflit de la pulsion avec le moi ou une revendication pulsionnelle pathogène à l'égard du moi ? Il n'est probablement pas inutile, pour éviter tout malentendu, d'expliciter davantage ce que l'on entend par la formule : liquidation durable d'une revendication pulsionnelle. Sûrement pas l'amener à disparaître au point qu'elle ne refasse plus jamais parler d'elle. C'est en général impossible et ce ne serait pas non plus du tout souhaitable » (239-240).

Freud affirme donc : on n'en finit jamais avec une revendication pulsionnelle, autrement dit, on ne supprime jamais la cause d'une pathologie, et, le pourrait-on, que ce ne serait d'ailleurs pas souhaitable. Pour quelle étrange raison ? On n'en saura rien… pour des questions de boutique et de rapport ? On n'ose le croire… Quelle est donc la solution apportée par Freud ? La montagne freudienne accouche ici d'une souris déjà domptée par Monsieur Coué, l'inventeur de la méthode du même nom : il faut apprendre à vivre avec cette revendication pulsionnelle ! Tout ça pour ça ? Et combien tout cela aura-t-il coûté au patient ?

# 8

## … Ou une thérapie existentielle ?

*Où l'on apprend ce que pourrait être
une psychanalyse non freudienne…*

## 1

**Les molécules de la parole.** Contre l'incroyable capharnaüm thérapeutique freudien, contre les guérisons de papier, contre la haine des patients transformés en racaille ou en matériel exploité pour dégorger du concept, contre l'affirmation qu'on n'en « finit jamais avec une revendication pulsionnelle », contre la comparaison de l'analyse avec un « blanchiment de nègres », contre l'effet sophistique qui, en matière de pratique analytique, et sous la plume de Freud, transforme le médecin en charlatan et le charlatan en médecin, proposons une *thérapie réelle* en relation avec la *psychologie concrète* de Politzer.

Si, ce que je crois, l'inconscient est bien réel, mais matériel, corporel, corpusculaire, particulaire et nomme une force atomique présente dans la totalité du corps et active en lui, alors nous devons paradoxalement revenir à la philosophie matérialiste antique. Le freudisme est un idéalisme, une formule du platonisme en plein XXe siècle ; dès lors, il paraît normal qu'on puisse activer et réactiver l'épicurisme comme une philosophie de combat au service d'une psychanalyse non freudienne.

Ainsi, les considérations de Lucrèce sur *la parole comme une molécule* méritent un arrêt. En effet, si la parole est molécule, et que l'inconscient soit moléculaire lui aussi, alors le verbe entretient une relation intime avec cet inconscient atomique. On peut, de façon concrète, pénétrer cet inconscient et y modifier les agencements atomiques au profit de formules nouvelles susceptibles de remplacer une souffrance par une paix, un trouble par une sérénité, un déplaisir par un plaisir, une négativité par une positivité, un traumatisme par une résilience, une inquiétude par une quiétude. Voilà le pouvoir thaumaturgique de la parole.

Qu'est-ce qu'une parole ? Un simulacre. Et un simulacre ? « Des empreintes déterminées reproduisant les formes qui se déplacent çà et là dans l'espace grâce à la trame impalpable qui les constitue et dont les éléments ne peuvent être aperçus séparément » (IV, 86-89). Un signifiant, certes, un signifié, bien sûr, mais également, et surtout, des trames atomiques pour un signifiant et un signifié qui entrent en relation avec d'autres trames qui, elles aussi, sont tramées dans d'autres trames et produisent des effets somatiques, donc psychiques.

Ainsi, lorsque le téléphone sonne dans la nuit pour nous apprendre la mort d'un être cher, il n'y a rien, d'abord, que simulacres, assemblage de lettres et de sons qui font sens, un sens agissant sur la matière neuronale. Mais ces simulacres informent, au sens étymologique, ils donnent forme à un événement : la mort d'un être aimé. Un autre appel téléphonique en plein jour peut au contraire nous apporter une déclaration d'amour. Autres effets induits, mais via une même mécanique atomique. La parole est l'instrument d'une modification de l'être par des sons qui font sens. En tant que telle, elle a un pouvoir thérapeutique ou pathologique, constructeur ou destructeur, biophile ou thanatophile.

Une psychanalyse non freudienne ne va pas convoquer des «mythes scientifiques», une affabulation prétendument appuyée sur de la transmission phylogénétique d'informations préhistoriques, elle ne cherche pas sans cesse à retomber sur les pieds d'Œdipe en mobilisant l'inévitable désir de la mère et l'inéluctable meurtre du père, elle ne sollicite pas la très pratique théorie de la séduction ou l'obligatoire traumatisme sexuel infantile, autant d'allégories d'un genre platonicien, mais une réalité nominaliste, celle de l'être avec son identité propre.

Les épicuriens parlent de simulacres pour expliquer le mouvement des atomes dans le monde. Il s'agit de duplications atomiques plus subtiles que leur source qui, grâce à leur plus grande subtilité, vont d'un point à un autre et pénètrent les trames matérielles d'un corps humain : fragments détachés d'un objet qui entrent dans l'âme matérielle par l'œil, l'oreille, le nez et le corps, emmagasinent des informations atomiques, et l'intelligence, elle aussi matérielle, organise et réorganise. La psychanalyse non freudienne est un exercice spirituel atomique : un art de produire l'ordre du sens dans un chaos formel.

## 2

**Un inconscient neuronal *a posteriori*.** L'âme matérielle est moins spéculative aujourd'hui qu'elle ne l'était quand Démocrite élabore sa doctrine atomique en déduisant des poussières qui dansent en particules dans un rai de lumière l'existence d'un monde invisible avec ses lois : celui des atomes, des insécables. La neuroscience hérite en ligne directe de l'observation empirique du philosophe abdéritain. Avec plus de vingt-cinq siècles de progrès scientifiques entre les deux. Mais du *Système de la nature* de Démocrite à *L'Homme neuronal* de Jean-Pierre Changeux, c'est une même vérité qui se trouve approfondie : *l'homme et sa psyché relèvent de la matière.*

Cette vérité simple passe pour simpliste parce que la complexité des modalités de cette relation atomique contient plus de mystères que de certitudes. Qu'importe ! Reste cette idée d'un inconscient matériel, d'un inconscient machinique, autrement dit d'une part du corps qui échappe à la clarté de la conscience et porte en elle des informations que la psychanalyse non freudienne doit déchiffrer. Voilà l'inconscient immanent auquel je souscris.

La grande leçon de *L'Homme neuronal* ? La matière neuronale est une cire vierge au moment de sa constitution fœtale : on découvrira donc dans l'inconscient ce qui s'y sera trouvé mis de façon ontogénétique, individuelle et singulière – aucune trace de ce qui, comme chez Freud, s'y trouverait par la grâce phylogénétique.

L'inconscient freudien est *a priori* : son essence précède son existence ; l'inconscient non freudien est *a posteriori* : son existence précède son essence.

Cette différence est majeure. Dans le premier cas, quel que soit l'individu, on finit toujours par y découvrir ce que Feud (plus que la phylogenèse…) y aura mis ; dans le second, on décèle seulement ce qu'un trajet existentiel a permis d'y mettre. Puisque l'inconscient freudien c'est l'inconscient de Freud, on y voit toujours sans surprise ce qui hantait le docteur viennois – mais l'inconscient de chacun se moque de celui de Freud. D'où la nécessité d'une psychanalyse non freudienne.

Ainsi, quoi qu'on fasse, on informe l'inconscient. Éduquer ou ne pas éduquer, transmettre ou ne pas transmettre, écrire une histoire ou ne pas l'écrire, dresser ou ne pas dresser neuronalement, c'est toujours fournir l'inconscient en matériaux constitutifs de son être. Les parents, les éducateurs, la famille, les rencontres, les voisins, les enseignants, les prêtres, les collègues de travail, les amis, les copains, les camarades constitutifs du premier cercle qui touche directement l'être, informent et nourrissent l'inconscient. Dans le deuxième cercle, les inconnus croisés un jour jouent aussi un rôle. De même pour le cercle virtuel des compagnons du quotidien fournis par la télévision (plus de trois heures de fréquentation par jour en moyenne…), les médias, les journaux, le cinéma, l'art, tous ces mondes d'inconnus connus aux réalités virtuelles remplissent l'inconscient neuronal.

On y trouve une mémoire vive (hier ou avant-hier), mais aussi une mémoire hibernante (une période

douloureuse), des souvenirs précis ou bien des souvenirs vagues, effacés, des images claires et nettes ou
floues, imprécises, de fausses certitudes générées par la
reconstruction *a posteriori* d'un souvenir (l'immense
jardin de l'enfance devenu minuscule aux yeux de
l'adulte), des vérités oubliées (dont se souviennent des
camarades de classe ou l'ancien amour de jeunesse
revu trente ans plus tard), des traumatismes sexuels
possiblement, mais pas obligatoirement, des souvenirs
très anciens, mais sûrement pas datés du quaternaire,
etc.

La loi d'effacement ou de conservation du matériau
inconscient paraît simple : elle est naturellement hédoniste. Ce qui a généré plaisirs, satisfactions, béati-
tudes, bien-être, allégresses, crée un faisceau neuronal
déclencheur d'une chimie du contentement ; ce qui a
produit souffrances, douleurs, peines, épreuves, afflic-
tions, reste associé à une chimie du déplaisir. Le mouvement naturel conduit chacun à vouloir répéter ce
qui a une fois débouché sur une jouissance, et à refuser, récuser, refouler un souvenir associé à un affect
pénible. Culturellement, d'aucuns pourront vouloir
des souffrances et refuser des jouissances : seul un
récit singulier du sujet permet de reconstituer chez lui
le trajet ayant produit un tempérament sadique ou
masochiste.

3

**Le récit du sujet.** Politzer écrivait dans la *Critique des fondements de la psychologie* : « Pour connaître le sens du drame, il faut avoir recours au récit du sujet. » Là réside l'unique enjeu d'une psychanalyse non freudienne et l'on aurait tort de croire que Freud serait ici un génial découvreur. J'ai sorti du chaos présocratique, orchestré par l'historiographie platonicienne (afin de noyer le génie multiple de cette pensée d'avant Socrate dans la soupe unique d'un vague *présocratisme...*), le génie propre d'Antiphon d'Athènes en signalant *qu'il avait inventé la psychanalyse...*

Qu'on en juge : Antiphon d'Athènes a été biologiste, médecin, astronome, mathématicien, devin, poète épique, géographe, physicien, il a également rédigé un livre intitulé *De l'interprétation des rêves*, puis un *Art d'échapper à l'affliction* – la technique du premier entretenant une relation intime avec le projet hédoniste du second... Les fragments d'Antiphon qui subsistent empêchent une connaissance de la totalité de son œuvre. On le surnommait « Cuisinier de discours »...

Ici ou là on apprend tout de même quelques informations à son sujet : il est contre le mariage et la création d'une famille ; il déplore l'incapacité des gens à ne pas savoir vivre dans le présent. Antiphon enseigne un certain nombre de préceptes : il faut obéir aux lois de la nature ; l'utilité doit gouverner l'action ; les hommes sont tous égaux, Grecs et barbares ; rendre la justice n'est pas un acte juste ; les mots ne sont pas plus que des conventions utiles ; il n'y a pas de providence ; et puis, on ne s'en étonnera pas : il n'y a de lecture de la physique et de la cosmologie que matérialiste…

Mais le plus important, en ce qui concerne notre propos, est sa technique de psychothérapie. Antiphon croit que la pensée gouverne le corps, la santé, la maladie et tout le reste. Lisons ce passage le concernant dans *Sur les poètes* du Pseudo-Plutarque : « Il composa un *Art d'échapper à l'affliction*, analogue à celui qu'utilisaient les médecins pour soigner leurs malades. À Corinthe, il s'installa près de l'agora et fit savoir, par des libelles, qu'il pouvait, au cours d'entretiens, soigner ceux qui étaient dans l'affliction ; une fois connues les causes de la souffrance, il soulageait les malades par des paroles de consolation »… Nous sommes au Ve siècle avant l'ère commune et un philosophe présenté comme un sophiste *se fait donc payer pour soigner par la parole des gens qui souffrent*…

Dans sa *Vie des sophistes*, Philostrate écrit : « Antiphon avait un immense pouvoir de persuasion et avait été surnommé Nestor, du fait qu'il pouvait persuader de n'importe quoi par ses paroles ; il avait annoncé des conférences sur l'apaisement des douleurs, et assurait qu'il n'y avait aucun mal qu'il ne pourrait chasser de l'âme pourvu qu'on le lui dît. » Le même dispose donc d'une aura obtenue par la maîtrise de la parole et assure que *la conscientisation d'un mal par la verbalisation induit sa disparition*…Voici donc le noyau dur de la psychanalyse, autrement dit de l'analyse de la psyché.

Antiphon croit également que le rêve ouvre une porte sur le sens de l'être. Lucien écrivait dans son

*Histoire véritable* : « L'Île des Songes est proche des deux sanctuaires de Tromperie et de Vérité. C'est là que sont leur enceinte sacrée et leur oracle, qu'elle domine. C'est ce qu'annonce Antiphon, l'interprète des rêves, à qui Sommeil avait alloué ce privilège. » Quand on lui demandait ce qu'était la divinisation, Antiphon répondait : « C'est la conjecture d'un homme doué de bon sens »... Le guérisseur utilise l'interprétation du rêve pour tenir un discours de bon sens, voilà également de quoi faire de ce philosophe l'inventeur de la psychanalyse vingt-cinq siècles avant l'heure. Preuve qu'il existe une psychanalyse non freudienne bien avant Josef Breuer !

4

**La narration claire d'un inconscient.** Je tiens en effet que la narration claire d'un inconscient matériel génère de l'ordre mental là où règne le désordre. Je crois également que cet ordre formulé, formalisé, conduit à une certaine paix de l'âme. La construction d'une psyché atomique s'effectue sur le mode de l'entassement chaotique, à la façon dont se remplit une cave – ou un grenier. Dans ce désordre apparent se nouent, se tissent et se trament des agencements constitutifs de simulacres actifs dans l'être de chacun. Des causalités psychiques se forment à la manière de concrétions, de cristallisations, de nœuds qui structurent les tempéraments existentiels.

Cette *narration* peut se faire entre soi et soi, sur le principe de la méditation païenne antique, avec une pratique d'exercices spirituels. La construction de soi comme une identité solide dispense de ressentir un jour le besoin d'une thérapie : c'est toujours une âme défaite qui éprouve le besoin d'une aide. Et une âme défaite nomme souvent une âme qui n'a pas été faite, qui a poussé comme une mauvaise herbe, obéissant aux caprices de l'aléatoire. L'évitement du divan passe par une philosophie de la prévention de l'âme en désordre. Tout renoncement à construire *ici* se paie d'une certitude de détruire *là*. Notre époque ne construit plus depuis longtemps, signe d'une fin de civilisation, voilà pourquoi le pathologique est si souvent devenu la norme.

Les *Essais* de Montaigne incarnent à merveille cette narration de soi à soi qui permet la lecture, donc la compréhension, de son inconscient matériel. Dans la *Contre-histoire de la philosophie*, j'ai montré que les *Essais* de Montaigne n'ont pas été écrits mais dictés – ce qui change tout. Car le philosophe a parlé à un tiers, il s'est livré à un scribe, a formulé en présence d'un copiste couchant sur le papier la voix d'un être qui se racontait en marchant dans sa tour.

Son maître ouvrage accouche d'un certain nombre de concepts qui font vraiment songer à certains de Freud : la « tendance à l'inhumanité » chez Montaigne et la « pulsion de mort » chez Freud, le « patron au dedans » et « l'idéal du moi », la « diversion » et la « sublimation », la « purgation de la cervelle » et la cure analytique ; pour ne rien dire d'autres moments où

Montaigne parle du « bord de l'âme », des « bégaiements du sommeil », des « mouvements involontaires qui ne partent pas de notre ordonnance » ou de « pensements qui ne viennent pas de chez soi », à rapprocher de l'inconscient freudien ; d'« agitation à part de notre discours » face aux lapsus, aux actes manqués, aux oublis et autres phénomènes de la *Psychopathologie de la vie quotidienne*. Ou bien encore cette phrase à propos de « l'affection inconsidérée de quoi nous nous chérissons, qui nous représente à nous-mêmes autres que ce que nous sommes », une préfiguration à peine masquée du « clivage du moi » et du « déni »…

La parole, mais également le verbe écrit, constituent des occasions de construction de soi. La pénétration de son inconscient matériel peut se faire de cette façon : par une volonté chère aux philosophes antiques de pratiquer une sagesse existentielle, de partir à la connaissance de soi-même (le « connais-toi toi-même » de Socrate constitue l'impératif catégorique de cette sensibilité philosophique existentielle), afin de ne pas ignorer les motifs qui nous constituent. L'exercice d'écriture des *Pensées pour moi-même* de Marc-Aurèle montre les effets possibles de cette écriture de soi comme conjuration d'une âme défaite. Clairvoyant sur l'organisation de son inconscient matériel, on saura, on pourra envisager un trajet existentiel rectiligne.

## 5

**Une psychanalyse existentielle.** Cette narration peut donc procéder de soi, par un genre d'auto-analyse socratique, elle peut également supposer un tiers : le psychanalyste – pourvu qu'il soit non freudien et se soucie de ce que nomme l'étymologie : *une analyse de la psyché*. Un livre entier serait nécessaire pour montrer ce qui se joue entre l'*analyse existentielle* de Ludwig Binswanger, un disciple de Freud, et Jean-Paul Sartre auteur d'un *Être et le Néant* dont le sous-titre annonce un *Essai d'ontologie phénoménologique* – et non pas d'*ontologie nouménale*. Une psychanalyse non freudienne formule une ontologie phénoménologique.

Dans l'œuvre de Sartre, il existe deux moments pour découvrir la signification de la *psychanalyse existentielle*. Pour la théorie, un chapitre explicite de *L'Être et le Néant*. Pour la pratique, une série de livres dont, concernant l'*auto-analyse*, *Les Mots*, et, concernant l'*analyse d'autrui*, *Baudelaire*, *Saint Genet comédien et martyr* et les deux mille pages de *L'Idiot de la famille*, une analyse inachevée de Gustave Flaubert… Mais le propos d'une apostille est d'ajouter à un livre déjà existant et non de constituer un texte aussi volumineux que celui qu'il commente. Or ce sujet mérite à soi seul un ouvrage, inexistant à cette heure.

Dans *L'Être et le Néant*, Sartre s'inscrit dans un schéma déjà proposé par Politzer : une critique de la psychologie empirique qui définit l'homme par ses désirs et qui, de ce fait, reste victime de l'illusion substantialiste. Car le désir n'est pas une petite entité psychique habitant la conscience vers laquelle il faudrait se rendre pour en connaître la nature. Une pure description analytique ne présente aucun intérêt. Sartre aussi veut une psychologie concrète. En l'occurrence, une psychologie en quête d'«une vérité irréductible» à partir de laquelle se livre «l'unification d'un projet originel», autrement dit : un choix fait un jour qui organise et structure la totalité d'une existence, un thème posé par soi au début de soi qui autorise des variations existentielles constitutives de la matière d'une vie.

Dans chaque être existe un «secret individuel» dont toute vie procède. Non pas un inconscient, un traumatisme, une étiologie sexuelle ou je ne sais quelle fiction freudienne, mais un roc solide sur lequel s'édifie le château. La psychanalyse cherche et trouve ce projet originaire. Son principe ? Puisque chacun est une totalité et non un puzzle, chaque manifestation existentielle détaillée contient en résumé l'être dans sa globalité. La partie dit le tout, même (et surtout...) la plus petite partie, le moindre fragment d'être. Son but ? Fixer conceptuellement le projet originaire et réduire l'être au choix qui organise l'ensemble des manifestations de sa vie. Son point de départ ? L'expérience. Sa méthode ? La comparaison de toutes les situations, le catalogue des manifestations existentielles d'une subjectivité et leur lecture comparée : tout ce qui advient dans le divers procède d'une unité, le multiple éparpillé, fragmenté, signifie une seule source dont il découle. Le critère de sa réussite ? Quand l'hypothèse

d'un choix originaire permet de subsumer un maxi-
mum de faits et d'événements sous une seule et même
rubrique et que l'unification du divers sous cette seule
rubrique remporte le suffrage de l'analyste et de l'analysé, alors on sait l'avoir découverte.

Sartre prend acte de Freud, du freudisme et de la
psychanalyse. Il ne part pas de rien. Mais il entend aller
au-delà de ce moment historique daté. Le philosophe
pose que « la psychanalyse existentielle rejette le postulat (*sic*) de l'inconscient : le fait psychique est, pour elle,
coextensif à la conscience ». Freud remonte jusqu'au
déterminisme de la libido ; Sartre jusqu'au choix libre
d'un « projet originel ». L'auteur de *La Transcendance
de l'ego* sauve la conscience classique. Déjà, dans ce
texte de jeunesse, Sartre écrivait : « La thèse communé-
ment acceptée selon laquelle nos pensées jailliraient
d'un inconscient impersonnel et se "personnaliseraient"
en devenant conscientes, nous paraît une interprétation
grossière et matérialiste d'une intuition juste. »

De même, Sartre critique chez Freud l'idée d'une
symbolique universelle selon laquelle une chose trouverait toujours la même représentation sous toutes les
latitudes existentielles – du genre : un parapluie = un
phallus. Contre la raideur dogmatique de la psychanalyse freudienne, Sartre revendique la souplesse : il s'agit
d'épouser « les moindres changements observables sur
chaque sujet ». Dès lors : « La méthode qui a servi pour
un sujet ne pourra, de ce fait même, être employée
pour un autre sujet ou pour le même sujet à une époque
ultérieure. » Parce que Freud universalise, il n'existe
chez lui qu'une seule clé pour toutes les serrures ; pour

Sartre qui nominalise, il faut une clé par serrure – d'autant qu'en vertu de cette métamorphose, la clé doit elle aussi se modifier selon le besoin analytique.

Concluant son chapitre, Sartre écrit : « Cette psychanalyse n'a pas encore trouvé son Freud. » Sartre aurait pu être ce Freud, bien sûr, les deux hommes combattaient dans la même catégorie, mais l'inachèvement était un tropisme sartrien – l'ogre ne finissait jamais ses repas et partait toujours à la table d'à côté, où il ne finissait d'ailleurs pas plus sa pitance, se contentant de laisser l'empreinte de sa forte mâchoire conceptuelle sur les reliefs accumulés… Ultime pirouette, Sartre écrit : « Il nous importe peu, ici, qu'elle existe : l'important pour nous c'est qu'elle soit possible. » Jeu intellectuel du normalien qui expérimente les conditions de possibilité d'une idée, voit qu'elle tient la route conceptuellement, se satisfait d'avoir rendu une copie brillante, puis va voir ailleurs s'il peut exercer son talent à un autre banquet…

6

**Un projet pour une multitude d'événements.** *Les Mots* montrent un Sartre brillantissime dans l'exercice d'auto-analyse existentielle. On y découvre une autobiographie cynique, sans complaisance pour un homme qui avoue ne pas aimer son enfance et ne pas avoir de surmoi… Pêle-mêle, voici ce que le philosophe livre comme matériau : la mort de son père quand il a deux ans ; l'amour d'une jeune mère veuve ; sa mère transformée en sœur aînée – « frère, en tout cas, j'eusse été incestueux » ; sa promesse de l'épouser un jour ; la passion pour lui de son grand-père écrivain, passionné de livres ; un enfant éduqué par une bibliothèque ; sa mère lui lisant des histoires ; elle et lui qui dorment dans des lits jumeaux dans la même chambre ; la construction d'une religion personnelle du livre ; un écrivain se disant plus juif que les juifs, qui ignorent les leçons de la nature et vouent un culte à la chose imprimée ; sa croyance, très tôt, que l'idée est plus vraie que la réalité : « c'est dans les livres que j'ai rencontré l'univers », écrit-il ; un être qui dit avoir mis trente ans à se défaire de cet idéalisme – je crois pour ma part qu'il ne s'en est jamais défait ; la musique de chambre pratiquée en famille ; un homme qui se découvre « petit-fils de prêtre », parle de son « corps glorieux », fuit les gens dans la lecture et croit que c'est la meilleure façon de les rencontrer, écrit une lettre à Courteline et signe : « votre futur ami » ; une éducation par un précepteur particulier jusqu'à l'âge de dix ans ; l'aveu que sa mère voulait une fille et la confession de sa féminité ; la découverte de sa laideur le jour de la tonte de ses longs cheveux de petite fille : « j'étais horriblement naturel. Je ne m'en suis jamais remis » ; ses sorties au théâtre et au cinéma avec sa mère ; son désir d'être un écrivain illustre ; l'écriture pour plaire au grand-père ; son devenir rebelle parce qu'il a été un enfant soumis ; etc.

Sartre a effectivement désiré la célébrité par l'écriture afin de séduire sa mère qui fut la seule femme de son enfance en l'absence de père. La haine du père, l'ordre, l'autorité, la loi, le travaillent autant que cette envie de faire de la littérature l'occasion d'une démonstration de force, d'une prouesse par l'étalage de son excellence dans l'exercice du style – au mépris total du fond... Voilà pourquoi, montrant assez ses muscles («je sais ce que je vaux», écrit-il dans *Les Mots*...), il n'éprouve pas même le besoin de mener un combat et brille dans l'inachèvement : la suite d'une morale annoncée dans *L'Être et le Néant* ? Introuvable... La poursuite de la *Critique de la raison dialectique* ? Invisible... L'achèvement de la série de romans qui constituent *Les Chemins de la liberté* ? Jamais... L'étude sur le Tintoret ? Abandonnée à la moitié... Les deux autres tomes des *Mots* qu'annonce *Situation X* ? Chimère... Le point final aux deux mille pages de *L'Idiot de la famille* ? Inexistant... Sartre esthète, prenant en otage le fond (l'idéologie), au profit d'une forme (la capacité, brillante, à mettre en mots), voilà la ligne directrice d'un homme éparpillé...

Il faudrait montrer combien cet individu, qui dans *Les Mots* fait l'impasse sur le beau-père lui volant sa mère en avril 1917 (il a douze ans) et brisant ainsi l'enfance d'un être qui va désormais haïr ce que représente ce beau-père, va à travers lui, cristalliser toute la haine sartrienne. «Ça a été constamment le type contre lequel j'écrivais. Toute ma vie», dit-il. *Voilà le projet originaire de Jean-Paul Sartre* : écrire (et vivre) contre le bourgeois... Faut-il s'étonner que son premier exercice de psychanalyse existentielle s'effectue sur Charles Baudelaire, un poète n'ayant jamais caché la haine qu'il eut pour le général Aupick qui lui enleva sa mère dans des conditions semblables à celles de Sartre ?

Tout ceci mériterait d'amples développements, bien sûr... Retenons cette célèbre idée sartrienne selon laquelle « l'important n'est pas ce qu'on fait de nous, mais ce que nous faisons nous-mêmes de ce qu'on a fait de nous ». Puis ajoutons : l'inconscient matériel se compose de strates existentielles subjectives, personnelles, à nulles autres pareilles. On y accède par une méthode adaptée, sur mesure, à inventer à chaque fois.

Contrairement à la psychanalyse freudienne, qui défend un *inconscient immatériel*, un *monde virtuel*, une *pensée magique*, une *thérapie potentielle*, puis propose une seule et unique réponse à toutes les questions, la psychanalyse existentielle offre une réponse sur mesure pour chaque question. Elle suppose un analyste défenseur d'un *inconscient matériel*, d'un *monde réel*, d'une *pensée critique*, d'une *thérapie existentielle*.

# CONCLUSION

## ... Pour être vraiment non freudiens !

Par sa longueur, cette *Apostille* tient à peine ses promesses – mais je ne sais pas faire bref ! À défaut, récapitulons les thèses des chapitres impairs à propos de la psychanalyse freudienne et celles des chapitres pairs consacrés à la psychanalyse non freudienne. L'introduction invitait les *psychanalystes à faire un effort*, la conclusion précise : *… pour être vraiment non freudiens…* – autrement dit *pour inscrire la discipline dans le registre de la chose publique*, et sortir du cabinet privé.

**La psychanalyse freudienne :**

*Sur la généalogie de la psychanalyse :*

1. Freud écrit en septembre 1909 qu'il n'est pas l'inventeur de la psychanalyse.
2. La psychanalyse est une discipline élaborée collectivement par Freud, certes, mais aussi et surtout par les siens.

3. Avec ses deux textes autobiographiques, *Autoprésentation* et *Contribution à l'histoire du mouvement psychanalytique*, Freud opère un coup d'État intellectuel et parvient à faire croire qu'il est le seul inventeur de la psychanalyse.

4. Conséquemment, il impose cette contre-vérité qu'il n'est de psychanalyse que freudienne.

*Sur la fiction performative de l'inconscient :*

5. L'inconscient freudien, c'est l'inconscient de Freud.

6. Son inconscient est *a priori* : son essence précède son existence et son essence se nourrit du seul performatif activé par Freud.

7. Freud réactive la croyance à la métempsycose par la souscription à la thèse d'un inconscient phylogénétiquement transmis.

8. Freud, le freudisme et la psychanalyse s'inscrivent dans la tradition dominante de la philosophie idéaliste.

9. Freud souscrit théoriquement et pratiquement à l'occultisme, il avoue en privé une parenté de ce monde avec la psychanalyse.

*Sur l'inefficacité de la thérapie :*

10. Freud n'a obtenu que des guérisons de papier. En l'absence de clinique avérée, il a même inventé des cas.

11. Freud avoue dans sa correspondance et dans ses derniers textes qu'on n'en finit jamais avec une revendication pulsionnelle.

12. Dans les derniers mois de sa vie, il envisage la disparition de la psychanalyse devant le succès probable de traitements chimiques à venir.

*Sur l'idéologie de droite :*

13. Freud a souscrit à un compagnonnage théorique et d'opinion avec les régimes fascistes du XX^e siècle.

14. La psychanalyse freudienne réactive un pessimisme ontologique qui inscrit Freud dans le camp des ennemis des Lumières.

15. Il a clairement refusé toute pensée progressiste, y compris sur le terrain de la libération sexuelle.

**Une psychanalyse non freudienne :**

*Sur la plurivocité de la psychanalyse :*

1. La psychanalyse définit une méthode d'investigation de la psyché. En tant que telle, elle existe déjà au V^e siècle avant l'ère commune.

2. Il existe une multiplicité de psychanalyses, Freud propose seulement les modalités de l'une d'entre elles.

*Sur un inconscient atomistique :*

3. L'inconscient existe en dehors de la définition métapsychique donnée par Freud.

4. L'inconscient atomiste existe *a posteriori* : son existence précède son essence.

5. Corporel, il contient l'histoire du sujet et du nouage de ses conditions d'existence : la chair d'un être nomme son âme qui est psyché.

6. Nominaliste, il relève de l'ontogenèse et n'hérite d'aucune information de type phylogénétique.

7. L'éthologie est l'une des disciplines de sa narration.

8. La psychanalyse non freudienne ne connaît qu'un homme neuronal.

*Sur une thérapie concrète :*

9. La thérapie est un art d'agencer les simulacres de la parole atomistique.

10. Elle fait de la narration d'une psyché l'occasion d'un ordre générateur d'ataraxie.

11. La psychanalyse non freudienne récuse la toute puissance thaumaturgique.

12. Ciblée, elle se soucie uniquement du trouble existentiel qui ne relève pas de la psychiatrie.

13. Singulière, elle n'oblige pas forcément au tiers et peut se réduire à une pratique philosophique d'exercices spirituels.

14. Préventive, elle définit un art de construire une psyché pour éviter les psychés non faites ou défaites qui conduisent à consulter.

15. Elle souscrit à l'ontologie phénoménologique de la psychanalyse existentielle.

16. Sa méthode nominaliste implique une plasticité : elle suppose une formule chaque fois adaptée au patient.

*Sur l'idéologie progressiste :*

17. Soucieuse de l'histoire particulière du sujet et de l'histoire générale de son temps, la psychanalyse non freudienne considère l'inconscient dans son histoire concrète.

18. La psychanalyse non freudienne ne fait pas du coût élevé de l'analyse une condition doctrinale de guérison : elle s'inscrit dans la logique du soin public pris en charge par la collectivité.

19. Au freudisme ontologiquement de droite, elle oppose une vision du monde progressiste.

20. Héritière de Mai 68, elle fait de la libération sexuelle et d'une pratique sexuelle épanouie en dehors du dispositif judéo-chrétien l'une des voies d'accès à l'effacement du nombre de pathologies existentielles.

21. Au contraire du freudisme, elle ne criminalise pas la sexualité féminine et l'homosexualité, mais seulement la sexualité sans le consentement de l'un des partenaires.

*Sur la méthode communautaire :*

22. Enfin : elle ne saurait être une discipline créée de toutes pièces par un seul homme, elle exige la constitution d'un *intellectuel collectif* susceptible de faire travailler de conserve la clinique et la théorie.

Voilà pour quelles raisons cet ouvrage ne pouvait qu'être une apostille.

ARS MORIENDI. CENT PETITS TABLEAUX SUR LES AVANTAGES ET LES INCONVÉNIENTS DE LA MORT, Folle Avoine, 1998.

À CÔTÉ DU DÉSIR D'ÉTERNITÉ. FRAGMENTS D'ÉGYPTE, Mollat, 1998. Le Livre de Poche, 2006.

THÉORIE DU CORPS AMOUREUX. POUR UNE ÉROTIQUE SOLAIRE, Grasset, 2000. Le Livre de Poche, 2007.

PRÊTER N'EST PAS VOLER, Mille et une nuits, 2000.

ANTIMANUEL DE PHILOSOPHIE. LEÇONS SOCRATIQUES ET ALTERNATIVES, Bréal, 2001.

ESTHÉTIQUE DU PÔLE NORD. STÈLES HYPERBORÉENNES, Grasset, 2002. Le Livre de Poche, 2004.

PHYSIOLOGIE DE GEORGES PALANTE. POUR UN NIETZSCHÉISME DE GAUCHE, Grasset, 2002. Le Livre de Poche, 2005.

L'INVENTION DU PLAISIR. FRAGMENTS CYRÉNAÏQUES, Le Livre de Poche, 2002.

CÉLÉBRATION DU GÉNIE COLÉRIQUE. TOMBEAU DE PIERRE BOURDIEU, Galilée, 2002.

LES ICÔNES PAÏENNES. VARIATIONS SUR ERNEST PIGNON-ERNEST, Galilée, 2003.

ARCHÉOLOGIE DU PRÉSENT. MANIFESTE POUR UNE ESTHÉTIQUE CYNIQUE, Grasset-Adam Biro, 2003.

FÉERIES ANATOMIQUES. GÉNÉALOGIE DU CORPS FAUSTIEN, Grasset, 2003. Le Livre de Poche, 2009.

ÉPIPHANIES DE LA SÉPARATION. LA PEINTURE DE GILLES AILLAUD, Galilée, 2004.

LA COMMUNAUTÉ PHILOSOPHIQUE. MANIFESTE POUR L'UNIVERSITÉ POPULAIRE, Galilée, 2004.

LA PHILOSOPHIE FÉROCE. EXERCICES ANARCHISTES, Galilée, 2004.

OXYMORIQUES. LES PHOTOGRAPHIES DE BETTINA RHEIMS, Janninck, 2005.

TRAITÉ D'ATHÉOLOGIE. PHYSIQUE DE LA MÉTAPHYSIQUE, Grasset, 2005. Le Livre de Poche, 2009.

SUITE À LA COMMUNAUTÉ PHILOSOPHIQUE. UNE MACHINE À PORTER LA VOIX, Galilée, 2006.

TRACES DE FEUX FURIEUX. LA PHILOSOPHIE FÉROCE II, Galilée, 2006.

SPLENDEUR DE LA CATASTROPHE. LA PEINTURE DE VLADIMIR VELICKOVIC, Galilée, 2007.

THÉORIE DU VOYAGE. POÉTIQUE DE LA GÉOGRAPHIE, Le Livre de Poche, 2007.

LA PENSÉE DE MIDI. ARCHÉOLOGIE D'UNE GAUCHE LIBERTAIRE, Galilée, 2007.

FIXER DES VERTIGES. LES PHOTOGRAPHIES DE WILLY RONIS, Galilée, 2007.

LA SAGESSE TRAGIQUE. DU BON USAGE DE NIETZSCHE, Le Livre de Poche, 2008.

L'INNOCENCE DU DEVENIR. LA VIE DE FRÉDÉRIC NIETZSCHE, Galilée, 2008.

LA PUISSANCE D'EXISTER. MANIFESTE HÉDONISTE, Grasset, 2006. Le Livre de Poche, 2008.

LE SONGE D'EICHMANN, Galilée, 2008.

LE CHIFFRE DE LA PEINTURE. L'ŒUVRE DE VALERIO ADAMI, Galilée, 2008.

LE SOUCI DES PLAISIRS. CONSTRUCTION D'UNE ÉROTIQUE SOLAIRE, Flammarion, 2008. J'ai lu, 2010.

LES BÛCHERS DE BÉNARÈS. COSMOS, ÉROS ET THANATOS, Galilée, 2008.

LA VITESSE DES SIMULACRES. LES SCULPTURES DE POLLÈS, Galilée, 2008.

LA RELIGION DU POIGNARD. ÉLOGE DE CHARLOTTE CORDAY, Galilée, 2009.

L'APICULTEUR ET LES INDIENS. LA PEINTURE DE GÉRARD GAROUSTE, Galilée, 2009.

LE CORPS DE MON PÈRE, Hatier, 2009.

LE RECOURS AUX FORÊTS. LA TENTATION DE DÉMO-
CRITE, Galilée, 2009.

PHILOSOPHER COMME UN CHIEN. LA PHILOSOPHIE
FÉROCE III, Galilée, 2010.

NIETZSCHE, SE CRÉER LIBERTÉ, dessins de M. Leroy, Le
Lombard, 2010.

LE CRÉPUSCULE D'UNE IDOLE. L'AFFABULATION FREU-
DIENNE, Grasset, 2010. Le Livre de Poche, 2011.

L'ORDRE LIBERTAIRE : LA VIE PHILOSOPHIQUE D'ALBERT
CAMUS, Flammarion, 2012.

Journal hédoniste :

   I. LE DÉSIR D'ÊTRE UN VOLCAN, Grasset, 1996. Le
      Livre de Poche, 1998.

  II. LES VERTUS DE LA FOUDRE, Grasset, 1998. Le
      Livre de Poche, 2000.

 III. L'ARCHIPEL DES COMÈTES, Grasset, 2001. Le Livre
      de Poche, 2002.

  IV. LA LUEUR DES ORAGES DÉSIRÉS, Grasset, 2007.

Contre-histoire de la philosophie :

   I. LES SAGESSES ANTIQUES, Grasset, 2006. Le Livre
      de Poche, 2007.

  II. LE CHRISTIANISME HÉDONISTE, Grasset, 2006. Le
      Livre de Poche, 2008.

 III. LES LIBERTINS BAROQUES, Grasset, 2007. Le Livre
      de Poche, 2009.

  IV. LES ULTRAS DES LUMIÈRES, Grasset, 2007. Le Livre
      de Poche, 2009.

   V. L'EUDÉMONISME SOCIAL, Grasset, 2008. Le Livre
      de Poche, 2010.

Le Livre de Poche s'engage pour
l'environnement en réduisant
l'empreinte carbone de ses livres.
Celle de cet exemplaire est de :
**250 g éq. CO$_2$**
Rendez-vous sur
www.livredepoche-durable.fr

PAPIER À BASE DE
FIBRES CERTIFIÉES

Composition réalisée par IGS-CP

Achevé d'imprimer en janvier 2013, en France sur Presse Offset par
Maury-Imprimeur - 45330 Malesherbes
N° d'imprimeur : 176105
Dépôt légal 1ʳᵉ publication : septembre 2011
Édition 02 - janvier 2013
LIBRAIRIE GÉNÉRALE FRANÇAISE - 31, rue de Fleurus - 75278 Paris Cedex 06